“青马”奋蹄

——山东大学成仿吾英才班二、三期纪实

主编　马晓琳　张熙

山东大学出版社

图书在版编目(CIP)数据

"青马"奋蹄:山东大学成仿吾英才班二、三期纪实/马晓琳,张熙主编.—济南:山东大学出版社,2020.9

ISBN 978-7-5607-6717-8

Ⅰ.①青… Ⅱ.①马… ②张… Ⅲ.①纪实文学—中国—当代 Ⅳ.①I25

中国版本图书馆 CIP 数据核字(2020)第 179691 号

策划编辑 刘 彤
责任编辑 刘 彤
封面设计 牛 钧

出版发行 山东大学出版社
社 址 山东省济南市山大南路 20 号
邮政编码 250100
发行热线 (0531)88363008
经 销 新华书店
印 刷 济南华林彩印有限公司
规 格 720 毫米×1000 毫米 1/16
11 印张 116 千字
版 次 2020 年 9 月第 1 版
印 次 2020 年 9 月第 1 次印刷
定 价 36.00 元

《“青马”奋蹄》
编委会

不畏艰险，勇攀高峰

（序言）

从风雨中走来的山东大学

轻拂近代史的苍烟，在涵盖了屈辱史、探索史和斗争史的鸿篇巨制之间，山东大学的踪迹清晰可循。

从清光绪二十七年（1901 年）在济南创办的官立山东大学堂到如今朝着“强校兴国”目标奋进的“双一流”A 类大学，山东大学一路走来，历经几多风雨。她走过晚清王朝、中华民国，见证了中华人民共和国的诞生，并从此踏上了新的征程，期间几度更名，数次变革，曾在不同时期汇纳过各类大学，也曾分出过十多所高等院校。她秉持着“为天下储人才，为国家图富强”的办学宗旨，在曲折前进的道路上与祖国同呼吸、共命运，培养了大批优秀人才，为国家高等教育的发展和各项建设事业做出了重要贡献，在海内外享有良好声誉。

山东大学在历史上曾有过两度繁荣，每一次都群星璀璨。第一次是在上世纪 30 年代，闻一多、老舍、沈从文、梁实秋等文坛巨匠以如椽大笔挥洒出或优美或强劲的锦绣文章。第二次则是在上世纪 50 年代，当时产生了以冯沅君、陆侃如、萧涤非、高亨为标杆的中国古典文学和汉语言文字研究，以及以杨向奎、童书业、黄云眉、张维华等“八马同槽”

为旗帜的历史学研究。大师们在山大长期执教，培育人才，使山东大学成为世人瞩目的文史研究重镇，奠定了以文史见长的历史传统。毛泽东主席在收到高亨教授的短函后，回信道："高亨先生：寄书寄词，还有两信，均已收到，极为感谢。高文典册，我很爱读。肃此。敬颂安吉！"而信封上的文字，也成为日后山东大学门匾上的字样。当年大师云集之盛况，研究成果之繁多，由此可以一窥。

走过长征路的大学教授成仿吾

"志向远大，气有浩然；学无止境，不畏登攀。"每当校歌的旋律响起，词作者成仿吾老校长的身影就浮现在山大人的眼前。成仿吾校长是无产阶级革命家、忠诚的共产主义战士、新文化运动的重要代表、党内著名的教育家和社会科学家，曾于 1958 年至 1974 年任山东大学校长兼党委书记。山东大学成仿吾英才班即是以他的名字来命名的。

作为 20 世纪知识分子中的卓越代表，成仿吾 13 岁留学日本，后进入东京帝国大学造兵科专业读书。但在听闻段祺瑞政府和日本签订了丧权辱国的条约之后，他愤然回国，投身文学事业，为反帝反封建事业在中华大地上奔走呼号，意图以文字为利剑，刺穿旧中国虚伪的道德。他在诗作《静夜》中写道："死一般的静夜！我好像在空中浮起，渺渺茫茫的。我全身的热血，不住地低声潜跃，我的四肢微微地战着。"五四运动后，他与郭沫若、郁达夫、田汉等人一道，建立了著名的革命文学团体创造社，希望在阒寂的黑夜中寻找值得人颤抖的光明，创造充满生机的新世界。据光明网的报道，1934 年 10 月，成仿吾带病开始了二万五千里长征，中央曾劝他留下休养，但他坚持随行。一杆红缨枪，满腔难凉血，支撑他走向陕北、走向延安。

1961 年，省教育部门通知各校，要求淘汰一部分上一年扩招进来的后进生。事后有人回忆，山东大学接此通知后，作为校长的成仿吾要求各系做决策之前先摸底，拟出名单，并进行充分的研究、考察。他认为，既然把学生招来了，就应该给他们一个学习的机会。学校应该认真改进教学工作（如分班上课），帮助落后不多的学生克服困难，对于学习太吃力的可以考虑让其留级，实在跟不上的再对其个别处理，但不能大规模淘汰学生。事实证明，这个方法成效显著，一批学习吃力的同学渡过了难关，大部分学生基本都能跟班学习。老校长对学生的关心爱护，在这件事情上表现得淋漓尽致。

看今朝，向“强校兴国”的目标奋进

仿吾学堂坐落在温雅古朴的中心校区西北角，每一个走进这里的人都不由得肃然起敬。山东大学成仿吾英才班的建立初衷，就是希望通过老校长“仿吾”的事迹感召，以教授马克思主义基本理论和培育实践技能为特色，使同学们从山大先贤处汲取精神力量，正确认识时代赋予的使命，自觉把个人理想追求融入国家和民族的事业当中去，成为新一代有理想、有本领、有担当的“小青马”。

仿吾班里的每一名同学都是各学院层层选拔出来的优秀学生。三年来，他们走过井冈山的红色土地，也探索过遵义的伟大转折。2019 年夏天，三期学员又前往延安，追寻革命先辈的足迹。读万卷书，行万里路，理论知识和亲身实践的结合正是他们进步的秘诀。

老校长曾经勉励大家：“泰山是高大的，我们的学校也要像泰山那样高大。希望山东大学的同志们向着这个大目标前进。”令人鼓舞的是，山大的后来人没有辜负他的期望。2019 年，学校的国家自然科学基金项目立项数名列全国第 8 位，其中青年基金项目立项数名列全国第 6 位；国家社科基金年度项目立项数和教育部人文社会科学重点研究基地重大项目立项数均列全国高校第6位。目前，学校有2个学科进入ESI前1‰，16个学科进入ESI前1%，位列全国高校第11位；9个学科进入软科2018年世界一流学科排名前100，总上榜学科数位列全国高校第11位。这些喜人成绩的背后，饱含每一位山大人夜以继日的拼搏和长年累月的坚持。这是深入钻研的学者、尽职尽责的教工、求真创新的学生、妙手仁心的医者、坚守岗位的校工、念校爱校的校友……共同努力的成果。

2020年是国家全面建成小康社会和实现“第一个一百年”目标的决胜之年，也是山东大学迎接百廿校庆、实现“由大到强”、推动“强校兴国”的关键之年。处优不养尊，受挫不短志。山大人不会沉湎于过去取得的荣耀，也不会惧怕将会到来的任何挑战。在这过去的近120年里，山东大学风风雨雨一路走来，她在克服困难中发展壮大，在应对挑战中超越自我，创造了一个又一个辉煌。百舸争流，奋进者先；千帆竞发，勇进者胜。在未来的日子里，山东大学将继续迈稳步子，夯实根基，久久为功，走向新的辉煌。

让我们以习近平新时代中国特色社会主义思想为指引，以山大先辈们的优良品质为力量，携手努力，不断进取，加快实现学校“由大到强”的历史性转变，凝聚起强校兴国的磅礴力量！

编　者

2020年7月

目　录

第一目　学堂记事

第二目 "青马"随想

第三目　仿吾求知

第四目　仿吾先行

山东大学党委书记郭新立（前排左五）参加
“感悟山大前辈家国情怀，弘扬新时代五四精神”主题团日活动

山东大学党委副书记仝兴华（前排左五）参加成仿吾英才班二期开班仪式

山东大学党委副书记仝兴华（前排左五）参加成仿吾英才班二期结业暨三期开班仪式

山东大学党委副书记仝兴华（前排左四）参加
“我与祖国共奋进——国旗下演讲”特别主题团日活动

山东大学仿吾英才班二期学员参观于荀坝会议会址合影

山东大学仿吾英才班二期学员参加“献礼百年五四”话剧《狂飙》公演合影

山东大学成仿吾英才班三期学员举行延安暑期实践考察活动动员会合影

山东大学成仿吾英才班三期学员参观延安革命纪念馆合影

山东大学成仿吾英才班三期学员参观枣园革命旧址合影

山东大学成仿吾英才班三期学员参观王家坪革命旧址合影

山东大学成仿吾英才班三期学员在南泥湾拓展基地合影

山东大学成仿吾英才班三期学员南泥湾拓展活动——自己动手丰衣足食

山东大学成仿吾英才班三期学员南泥湾拓展活动剪影

山东大学成仿吾英才班三期学员暑期课程结业于西北局革命纪念馆合影

山东大学成仿吾英才班三期学员举办“国家形象与国民心态”讲座

山东大学成仿吾英才班三期学员举办“我与祖国共奋进”主题团日活动

支部委员会商讨如何开展“追仿吾青春理想 寻时代五四精神”活动

“追仿吾青春理想 寻时代五四精神”活动剪影

山东大学成仿吾英才班三期学员“追山大家国情怀 寻未来强国一代”主题团课

山东大学成仿吾英才班三期学员中秋节赴济南市中区鼎泰老年公寓开展志愿服务

第一目 学堂记事

仿吾学堂始终是一个充满朝气、充满能量的地方。这一年当中，成仿吾英才班学员的足迹遍布神州大地，他们的成长也在时间的长河中留下深深的印记。从校园到社会，从身边的敬老院到革命圣地延安，他们的课堂无处不在，他们的学习热情也从未消减。这第一部分采英撷华，将学员的成长经历一一记录，以见证精彩时刻，定格美丽瞬间。

第一话|追忆峥嵘

【编者按】 自2017年成立以来，“成仿吾英才班”已经见证了三年的“青马时光”。在对马克思主义基本理论和实践技能的学习过程中，一位位有梦想、有担当、有创新的“小青马”正逐步成长和成熟起来。翻开记载仿吾班成长历程的日志，我们看到一期学员的斗志昂扬、自信十足，看到二期学员的信仰坚定、脚踏实地，看到三期学员的砥砺前行、活力无限。如今，第三期学员也即将结业。在这个特殊的时刻，我们不由回想起一年前二期学员们的青春英姿，通过一年的理论学习和切身实践，他们把一个完满的句点交给三期学员。这是句点，也是崭新的起点。

忆往昔峥嵘岁月稠

"携来百侣曾游，忆往昔峥嵘岁月稠。"这两句词很好地诠释了"仿吾班"二期学员们的内心情怀。一年来，他们追随先烈步伐，感悟青年使命。他们通过理论授课、实地走访、交流访学等活动了解先辈事迹，感受英雄风姿。前辈们的光辉事迹也辐射到了这些青年马克思主义者的身上，这令他们明白，个人命运与祖国命运、个人事业与国家命脉紧密相连。新时代下的"中国梦"既是我们个人的梦，更是近代以来中华民族最伟大的梦想。为了实现新时代下的"中国梦"，我们要向先辈、历史、时代看齐，扛起当代青年的责任，成为未来中国的脊梁。

"社会实践调研"是成仿吾英才班创新性人才培养模式所采取的形式之一，通过对革命圣地的考察调研，"小青马"们在历史中感先烈、在实践中悟真理。2018 年暑假，二期学员前往革命圣地贵州遵义开展暑期社会实践活动，并提交了自己撰写的社会实践报告。"红军不怕远征难，万水千山只等闲。"在重走贵州遵义长征路的过程中，"小青马"们无疑对"红军精神"有了更为深刻的领悟。通过了解学习遵义会议的历史、参观遵义会议会址、瞻仰烈士陵园、重温娄山关大捷等学习活动，一幅生动的红色革命历史画卷在"小青马"们面前徐徐展开；舞台剧《娄山关大捷》以极高的还原度为学员们展现了遵义历史，用真实的画面感令学员们感受到战争之残酷、战士之英勇、先烈之伟岸；凤凰山上邓萍烈士雕像前的红色教育课更让学员们反思自我、反省时代……正如二期学员周昊在仿吾日记中挥笔写下的那样,“作为新时代的青年,我们应该勇于挑起民族复兴的重担,无论人生是‘穷’还是‘达’,我们都应该扎根人民,坚守自己的岗位,做好本职工作”。一周的遵义之旅在“小青马”们的心头播下“担负时代使命”的种子。

如果说赴革命圣地遵义开展的社会实践在学员的心中埋下了“担负时代使命”的种子,那么随即而来的开班仪式则让这颗种子茁壮成长。“青马奋蹄勇直前,仿吾英才书新篇!”仿吾班二期学员寻天琦为“开班仪式”写下了这句诗,表达了自己“续写仿吾辉煌”的决心。在开班仪式上,第一期学员们对过去一年的成果进行了总结,也表达了对学弟学妹们的期许;导师代表黄广友对二期学员们提出了新期望、新要求,希望学员们增强理论修养、加强与老师的交流;校党委副书记仝兴华为学员们介绍了仿吾英才班的建设发展历程,介绍了“仿吾”二字的意义,并为同学们诠释了他心中的“大学”的真正内涵,这都引发了学员们的思考——何为青年之责任?何为青年马克思主义者?何为“仿吾精神”?在前辈们的阐释中,这些问题逐渐有了答案。正如寻天琦所言,开班仪式使学员们思考自己所肩负的责任与使命,坚定了“续写仿吾精神”的决心。

在进行实践与调研的同时,成仿吾英才班的二期学员也没有忘记提升理论修养。在为期一年的学习期间,通过撰写论文、参与论坛、交流讨论等形式,成仿吾英才班二期学员针对马克思主义理论进行了专门学习,其理论修养得到了较高提升。通过参与“马克思主义学院思政名师大讲堂”“马克思主义理论学科高端论坛”等学术论坛,在与专家们的交流学习、思维碰撞间,学员们的理论知识得到了进一步充实,“党的建设学科的性质与本质特征”“新时代党的思想政治理论课教育方针”“党内政治生活”等问题在学者们的阐释中逐渐清晰。2018 年 11 月,成仿吾英才班全体二期学员观看了俄共中央副主席、俄罗斯联邦国家杜马代表诺维科夫所作《俄罗斯联邦共产党的发展现状与前景》主题报告的视频，这令学员们对十七次代表大会之后的俄罗斯联邦共产党的情况有了深刻的了解。2019 年 3 月，全体学员参与了“校长有约 · 校长思政课”，这令学员们对新时代下当代青年的责任有了更透彻的理解。除此之外，在马克思主义学院导师的指导下，学员们也尝试就马克思主义理论前沿研究撰写论文。在理论学习、交流探讨、自我思考间，二期学员们对马克思主义理论有了基本了解，对前沿研究有了一定认知。这也使学员们明白，永远不能放弃对真理的追求、对世界的探索。

遵义调研是一颗生气蓬勃的种子，在学员们的心中播下敬仰先辈、树立理想的种子；开班仪式是一团燃烧理想的火焰，让心中的种子萌发、生长、开花；原著精读、学术论坛、交流讨论使学员们对马克思主义理论有了基本了解，从而为其下一步学习奠定了坚实的理论基础。一年的学习为学员们带来满满的收获，使他们逐步成长为优秀的青年马克思主义者。在追忆先辈的光荣事迹的过程中，“小青马”们对先辈的峥嵘岁月有了更为深刻的理解，也更加明白——新的使命与责任，就在当代青年的肩膀上。“仿吾人”不仅要继承成仿吾校长的精神财富，也要以此激励自己力争上游，勇攀高峰，书写属于自己的峥嵘岁月！

（文/徐馨蓉）

青年兴则国家兴

“青年兴则国家兴，青年强则国家强。”感悟青年使命，实践责任担当。在为期一年的学习期间，“仿吾英才班”二期的学员们发挥“仿吾人”的榜样示范作用，弘扬主旋律，传播正能量，自发开展了实践调研、主题团日、读书交流会等活动。在先辈的光荣事迹感染下，在理论与实践的交织中，他们逐步成长为优秀的青年马克思主义者，同时也充分发挥了自身的辐射带动作用，用行动诠释了当代青年应有的姿态与担当。

赴济南市七东社区与老党员面对面交谈的实践调研是“仿吾英才班”二期学员们自发组织的社会实践活动。利用寒假的时间，“小青马”们来到七东社区，与老党员进行交流，倾听前辈们的故事。通过这次自发组织的实践调研活动，二期学员们受益匪浅，距离成为“一名了解党情、国情、民情的青年马克思主义者”又更近了一步。

2019 年 5 月的主题团日活动更令这些青年马克思主义者对自身使命有了更深的体会。为庆祝五四运动一百周年、弘扬新时代五四精神，牢记青年责任使命，“仿吾班”二期学员举办班级团日活动，并有幸邀请到了山东大学党委书记郭新立与大家分享青年故事、感悟家国情怀、共话山大梦想。同时，郭新立书记也向学员们提出了三点要求：树立坚定的理想信念，将中国梦、山大梦、个人梦相结合，做德智体美劳全面发展的社会主义建设者和接班人。与此同时，卜亚祥、寻天琦、曹莹等学员也分享了自己心中的“五四精神”，讲述了他们所理解的“当代青年的担当”。在交流与讨论中，学员们对“五四精神”有了更为深刻的理解，在了解国家社会发展现状的同时，也对自己身上的历史担当有了更为深刻的体会。

与此同时，为了增强理论知识，学员们还主动自发组织了马克思主义经典的研读。在21天读书打卡活动中，学员们对马克思主义理论有了更深刻的理解，知识体系框架有了更进一步的完善。与马克思主义学院的理论社团"习近平新时代中国特色社会主义思想青年学习会"共同举办的"读原著、学原文、悟原理"读书会，不仅提高了学员自身的理论修养，更辐射带动了班级以外的很多同学。《共产党宣言》《论十大关系》《习近平的七年知青岁月》……通过咀嚼回味这些先辈智慧凝结成的伟大作品，学员们的理论知识得到充实，责任感和使命感得以增强——站在前辈们的肩膀上，青年们更当坚持对真理的不懈追求，为实现中华民族伟大复兴"中国梦"贡献自己的力量。

此外，二期学员们还联合山东大学玩家剧社，发起了话剧《狂飙》的公演活动，以此作为"致敬百年五四"的特别礼物。《狂飙》是对田汉坎坷一生的描摹，在时代急剧转变的风云里，在舞台上青年领袖的热切目光中，在一位位饱含激情的青年的呐喊声里，勇敢、理想、责任被淋漓尽致地诠释出来。学员们对田汉一生的演绎将观众带回到那个令人热血沸腾的时代，既催人深思，又发人深省。这份献给五四百年生日的礼物在校内引发了强烈的反响，引领着广大青年学生思考自己的责任与使命。

在完成规定教学任务之外，二期学员还通过"仿吾求知社"和读书会，吸收和发展马克思主义积极分子。"仿吾求知社"由一期学员创立，意在通过马克思主义的传播与践行，辐射更多青年学子，这一主旨也被二期学员们贯彻和落实。除此之外，二期学员还自发独立主办了"寻初心、学党史、树信仰"读书会，围绕当今时代背景，运用专业知识，对当下的热点问题进行交流与探讨。读书会充分利用了成仿吾英才班学员来自多个专业的优势，在各学院产生了较大的影响，得到了良好的反馈。

走访老党员、五四主题团日、《狂飙》话剧公演、“仿吾求知会”……在一次次自发组织的活动中，“小青马”们用实际行动弘扬主旋律、传播正能量，交出了一份份优秀的答卷。“青年兴则国家兴”，这些优秀青年无疑将为实现中华民族伟大复兴“中国梦”贡献属于山大的力量。“仿吾人”，不仅是新时期社会主义事业接班人，也是当代青年中的佼佼者。这些年轻的马克思主义者们让我们看到当代青年应有的姿态，也为三期学员树立了优秀的榜样，他们以自己的行动告诫三期学员，要继承“仿吾班”开班以来的优良传统，肩负起当代青年应有的责任；要勇于直面困难与挑战，在挫折中勇往直前、不断前进。毋庸置疑的是，所有“仿吾人”都定能高举马克思主义的大旗，昂首阔步，勇往直前，续写仿吾班的辉煌历史，为新时代实现“中国梦”贡献山大力量。

（文/徐馨蓉　杨婷丹）

第二话|还看今朝

【编者按】 成仿吾英才班之名取自原山东大学校长、著名马克思主义者成仿吾先生,意在激励“仿吾人”以老校长为榜样,增强马克思主义理论素养,响应社会与国家的号召,积极投身到社会主义建设中。“仿吾精神”是仿吾班的精和魂,这把熊熊燃烧的精神火炬,也从第一期学员开始,完整地传承给第二期、三期的学员。在未来,“仿吾精神”之炬还将激励更多的青年学子,也必将愈燃愈旺。

知新楼:不忘“青马”初心,牢记青年使命

翻开历史的画卷,我们惊叹于上下五千年的文明,惊叹于星星之火变成漫山遍野的燎原红色。沧海桑田,不变的是心中的使命;代代更

迭，不改的是青年的激情。

时光飞逝，一期“青马”的井冈山合影仿佛昨日才挂在仿吾学堂里，今天第三期“小青马”就已经整装待发了。满怀憧憬与期待，仿吾班三期学员10月24日在中心校区知新楼的会场汇合，参加“仿吾英才班第二期结业式暨第三期开班仪式”。

“在与优秀师生共同学习实践的过程中，我体悟到了最朴素的真理与最前沿的思想，深入全面了解了党和国家的奋斗历程以及各项新政方针，培养了哲学批判思维，坚定了理想信仰。”二期班学员代表刘天月在发言中如是说。通过参与遵义红色之旅、社区党员代表座谈、读书会、五四百年团日活动，大型话剧公演等一系列实践创新活动，成仿吾英才班二期的学员们发挥了“小青马”的示范与引领作用。

此时，回想起过去一年共同经历的青葱岁月，在学习和竞赛中培养起默契和深厚感情的成仿吾英才班二期学员们脸上洋溢着温暖的笑容。而三期“小青马”们明白：尽管二期学员已经结业，但仿吾班做青年学子行动先行者与思想引领人的使命与担当将不断传递，仿吾“小青马”们也会坚守成仿吾英才班的初心，接过二期班的接力棒继续奋蹄。

三期学员代表牛凝紧紧围绕“不忘‘青马’初心，牢记青年使命”主题分享了三期学员的延安红色之旅：探访陕北梁家河村，了解习总书记的历练成长……在延安，仿吾班“小青马”们不断学习探索，在感受到革命开拓精神与艰苦奋斗精神的同时，也加深了对马克思主义思想的理解。“青年是推动国家发展的中坚力量，作为山东大学的‘小青马’，我们应该不忘使命担当，将所学知识内化于心外化于行。”牛凝说出了仿吾班学员们共同的心声。

青年学生应有坚定的信仰。那么何谓信仰？这是山东大学党委副书记仝兴华在会议上提出的问题。他与同学们深入交流，引领大家不断思索与探寻。在生动形象的举例之中，他阐释了信仰是精神上的无私追求，正所谓"大道之行也，天下为公"。九十余年来，中国共产党以马克思主义为信仰，以全心全意为人民服务作为根本宗旨，在理论上完善发展了马克思主义，在实践中带领人民走向幸福新生活。在精彩的旁征博引中，他与大家探讨了马克思主义中国化的丰富内涵，强调今后仿吾英才班应努力为社会服务、培养人才，呼吁同学们应首先将中国共产党的信仰作为初心，在它的指引下投身各专业的学习实践。他谆谆告诫，在新的时代征程中，优秀的山大"小青马"应坚定理想信仰，牢记使命，勇敢担当，举起中国特色社会主义旗帜，同"仿吾学堂"一起奋进。

在两年的实践发展历程中，成仿吾英才班取得了优异成果，极大推进了"青年马克思主义者培养工程"，为祖国培养了一批政治坚定、素质全面、具有卓越领导力和高度社会责任感的青年学生骨干。本次活动对仿吾英才班第二期成果进行了集中总结，鼓舞激励着三期学员不断奋进、勇攀高峰。相信在接下来的发展中，"仿吾学堂"必将迈上更广阔的平台，实现新的辉煌；相信一期期学员们也会在自己的专业领域中不断奋进，发挥"小青马"的引领带头作用，成为日后可掀起燎原之势的星星之火。

（文/魏一然　刘力凤）

第三话|八月未央

【编者按】 延安是中国革命的圣地，是中国红色文化的现实载体，是中国革命精神的历史宝库，中国十三年的光辉岁月孕育于此。探访延安，对于增强马克思主义青年学生的使命感、责任感，提升马克思主义理论人才的实践能力、政治修养，加深其对马克思主义中国化的理解有着重要意义。基于此，山东大学成仿吾英才班延续“革命传统实践教学＋主题宣讲＋社会实践调研”相结合的模式，于 2019 年 8 月 23 日组织开展了“不忘初心，牢记使命”暑期社会实践活动。

延安这片热土

延安：举起手中炬火，感悟实践力量

你去过延安吗？提到延安，你能想到什么？是中国革命圣地的熠熠光辉，还是习总书记的七年知青岁月？带着满腹的憧憬，仿吾班的“小青马”们踏上了延安这片热土。

为更好地传承延安精神，培育一批社会主义核心价值观的坚定信仰者、积极传播者和模范践行者，使其成为引领青年学生成长、推动校园文化传承的模范和榜样，8月23日至26日，山东大学成仿吾英才班组织第三期的三十名同学在延安完成了一次暑期社会实践活动之旅。

枣园：全心全意为人民服务

凤凰山下，枣园沟口，细雨蒙蒙。三期学员们各撑着一把黑伞，肃穆地站在哀悼张思德同志的广场前，讲解员的声音夹杂着“滋滋”的电流声联结起今时与往日。

革命的成功，需要有人在枪林弹雨中无畏冲锋，需要有人用文字和呼喊与黑暗的社会抗争，也需要有人在平凡的岗位上默默奉献。张思德就是这样一个无私的奉献者。他是一名普通的共产党员和战士：参加长征、奔赴抗日战场、给毛泽东当警卫战士、主动报名参加生产小分队……直至执行烧炭任务中不幸牺牲。从这个普通士兵的身上,伟大领袖毛泽东看到了中国人骨子里的敦厚淳朴,看到千千万万平凡人身上的意志和精神,在张思德的追悼会上,共同的追求和奋斗促使他把这一切凝铸成五个大字——“为人民服务”。

雨中屹立着的张思德雕像静默无声,却更加伟岸、坚毅了。站在广场上,回首张思德同志的光辉事迹,学员们仰慕着、反思着。在如今浮躁的社会中,我们是否被浮夸的表象与膨胀的物欲冲昏了头脑,是否坚守这种为人民服务、无私奉献的精神?在细雨中,学员们静默着,内心却翻滚着。抬头望向张思德同志的雕像,他的身上背着柴火,眼中盈满希望与信仰,仿佛正在冒雨劳动。这一刻,他定格在历史中,却一直鲜活在人们心中。

平凡的岗位上的伟大,为人民服务的信念,正如这雨一般涤荡着三期学员们的心灵。

南泥湾:自力更生,艰苦奋斗

1937 年 7 月,抗日战争全面爆发,国共两党建立抗日民族统一战线,然而之后国民党消极抗日,转而对陕甘宁边区进行军事封锁和经济打击,边区的局势不容乐观。党中央号召边区军民开展生产自救,于是八路军开赴南泥湾,进行大规模军垦,最终为保卫边区和边区的经济建设做出了巨大贡献。

“成仿吾英才班”的学员们在南泥湾亲身体验了除草、摘菜、磨面、烧柴、煮饭等农务活动。思及红军作战时不仅要直面战火硝烟,出生入死,还要掌握生产技能,种瓜点豆,学员们便觉得自己的小小烦恼都算不上什么。虽然只是简单的农作体验,但“自己动手,丰衣足食”的行事理念已经传到了每个人的内心深处。

即使是在生活条件日益优越的现今，我们也不能忘记南泥湾精神，而更应该努力发挥自力更生、艰苦奋斗的精神，"撸起袖子加油干"，在国家经济建设的大潮中奋勇前进，早日成为社会主义的建设者和接班人。

延安革命纪念馆：理论联系实际，不断开拓创新

从铁床到油灯，从窑洞到山梁。在延安革命纪念馆中，一幅幅革命家和边区军民生产、生活、战斗的历史照片，是工农红军自力更生、艰苦奋斗、自给自足的历史见证，也是军民团结、军民共建的碑刻记忆。学员们置身其间，仿佛看到毛泽东主席等老一辈革命家正迎着晨曦描绘新中国的宏伟蓝图，伴着油灯苦苦思索如何打赢每一场战争。

如果没有到过延安的纪念馆，或者如果只是关注了展览馆里几张图片，那大家必然不会知道开荒垦田、打坝淤地的艰苦工作有多么难以进展，不会知道上山砍柴的路途可以让一位把勤劳付出当作使命的老兵永远沉睡在山间，不会知道毛泽东、周恩来、朱德等传奇的领导人也是跟老百姓一样，耕耘在田地里、山水间，体验着人生平凡苦楚并等闲视之……

红色的延安是那样的鲜艳、耀眼。延安象征性、标志性红色的含义，需要我们重新审视、挖掘，而不是习以为常、渐渐忽略。在这次延安之行中，学员们在劳作中体悟，在观看红秀《延安延安》时感动，在革命者的土窑洞里思考：延安啊，延安，你交给大家一面旗帜，更教会大家如何成长。往日的延安是从弱小变强大的典范，因为其蜕变、成长，才被世人推崇、向往；而今的中国更需要继续成长，不忘初心、砥砺前行，在已经取得的成就的基础上，拾级而上。保持谦卑，保持昂扬，未来的中国、未来的我们必将屹立阳光普照的地方。

梁家河:仰望天空,脚踏实地

午后,学员们坐着摆渡车,沿着一条幽静小道,深入到村子内部。两侧山峦绵延,大片的田野映入眼帘,不一会儿,典型的陕北窑洞出现在视野之中,梁家河村到了。农家小院里,热情的陕北人家为学员们准备了可口的农家菜。香软的馒头、各式杂粮和炒菜向学员们展示着梁家河村民的勤劳好客;路上嬉戏玩闹的孩童,劳作归来的老伯、路边摇头摆脑的小黄狗也将梁家河的岁月静好展现得淋漓尽致。

梁家河村,一个朴实无华的小村庄,处处体现着充满红色魅力的延安精神,它以历经岁月的厚重感与浸润于当今的时代感吸引感染着众人,学员们在走进梁家河村史馆时对此感觉最为深切。“陕西是根、延安是魂,延川是我第二故乡。”习近平总书记对这片土地有着深深眷恋。里面陈列的那一张张泛黄的旧照片,那一件件印刻着历史痕迹的劳作工具,都在无声地述说着习近平总书记的七年知青岁月。同时,学员们也重温了“习近平一面进行着他的农民化实践,一面在书中汲取着精神、思想上的营养”的奋斗历程,理解了他那深切的人民情怀到底从何而来。

这里的黄土高原,气候干旱,土地贫瘠,作物稀少,饮水、种粮都成为农民心中的最大难题。但当年就是在这样一片荒凉的土地上,习近平总书记“做赤脚医生、做记工员、农技员”,“打坝、修公路,发展生产,改变家乡面貌”,“跟群众一起干活,生活习惯,劳动关也过了”,并认定“这里就是我的第二故乡”,最终使得他的“那屋子逐渐成了那个地方的中心”(摘自习近平《我是黄土地的儿子》)。习总书记以他的实际行动将自己的命运和人民群众的衣食冷暖紧密相连,以一心为民、实干担当的精神成为乡亲们眼中“吃苦耐劳、有知识、点子多的好后生”。也正是因为他那扎根于基层的历练,让他将 15 岁初来黄土地时的迷惘与彷徨转变为了 22 岁离开时的坚定与自信。习总书记深情地回忆道:"我人生第一步所学到的,都是在梁家河获得的。不要小看梁家河,这里是有大学问的地方。"在延安的生活是习近平总书记对为人民服务这一宗旨的践行之地,从而为他日后政治工作的开展打下了坚实有力的基础。

吃苦耐劳、艰苦奋斗是习近平总书记留给梁家河村的高尚作风,也是留给新一代青年学子的宝贵财富:要摆脱以自我为中心、缺乏集体主义的消极思想,树立"先天下之忧而忧,后天下之乐而乐"的家国情怀、人民情怀,积极投身于广阔的社会发展的洪流之中,在理解与尊重他人的基础上,形成自我与他人、与社会之间相互依存、相互促进的良性交互关系。

抵达梁家河村时已是中午,学员们吃过充裕着陕西风味的可口饭菜后,就踏上了习近平总书记曾走过的乡村小道。他们参观了习近平总书记的临时居所,听身着军服的工作人员细心讲解,了解了习近平总书记在梁家河村的主要生活经历。通过触摸习总书记用过的物品以及当时一些珍贵的照片资料,学员们能够切身体会到习总书记往日的生活韵律,品味习总书记勤俭节约、艰苦朴素的延安精神。2015 年,习近平总书记又一次回到了这个养育过他七年的小村庄。他说:"当年乡亲们教我生活、教我干活。我那时还是个十五六岁的孩子,什么都不会,后来擀面条、蒸团子、腌酸菜,样样都学会了。"由此可见,习近平总书记在梁家河村的生活经历在他的成长历程中产生了重要作用。

除此之外,延安革命纪念馆、王家坪革命旧址、西北革命局旧址也都留下了仿吾班"小青马"们的足迹。行程虽然短暂,但他们所感受到的延安精神却随着那难以磨灭的印象永驻心间。所谓延安精神,就是坚定正确的政治方向,坚持解放思想、实事求是的思想路线,维护全心全意为人民服务的根本宗旨,树立自力更生、艰苦奋斗的创业精神。习近平总书记说，伟大的延安精神是党的性质和宗旨的集中体现，是党的优良传统和作风的集中体现。作为新时代的青年人，我们更应该重走习近平总书记所走过的光辉道路，体味艰苦朴素的乡村生活，沐浴在伟大的延安精神之中。成仿吾英才班的学员们也应该将延安精神传递给山东大学的莘莘学子，让我们山大人能够更加坚定自己的理想信念，建设母校、回馈社会、报效国家，做一个有用之才。

（文/李雪倩　刘春发）

第四话|九月授衣

【编者按】 为献礼山东大学团校三十周年，成仿吾英才班团支部开展了“追寻”系列团支部活动，以完善团支部自身建设，同时为学校团支部工作的开展树立典范。团支部在线下陆续开展了“追仿吾青春理想，寻时代五四精神”“追山大家国情怀，寻未来强国一代”等主题团课，以及“追先辈风华足迹，寻‘青马’今朝志向”志愿服务活动。

追寻仿吾精神，感悟家国情怀

追仿吾青春理想，寻时代五四精神

历史是最好的老师，它忠实地记录下每一个国家走过的印迹。一百年前，五四运动犹如一场浩荡春潮，激扬起澎湃而深沉的爱国力量，涤荡着腐朽而僵化的历史沉疴。一百年来,中国青年一代一代持续奋斗,砥砺前行,用青春之我创造青春之中国、青春之民族。抚今追昔,成仿吾英才班三期团支部召开了支部大会、支部委员会和团小组会议,用坚定的理想信念为同学们的精神“补钙”。

天刚刚破晓,仿吾三期的支部委员们就从不同的校区赶到中心校区会议室,一起讨论并确定支部团员大会的具体流程。一间小屋,一张桌子,三个青年人,经过几个小时的反复斟酌,终于就在会上学习“团五件”与《习近平总书记在纪念五四运动 100 周年大会上重要讲话》达成了共识。

“这是第一次支部团员大会,想想还是蛮期待的。”牛凝说道。尽管这是支部委员们第一次作为仿吾三期的支部委员参与支部大会的筹划,但支部委员们不见一丝紧张,反倒十分从容坚定。无论是提出见解时的神采飞扬,还是敲定决策时眼中闪动的坚定光芒,都难掩他们心中那跃跃欲试的期待。

在兴隆山的研讨室里,团小组成员畅所欲言,他们旁征博引、侃侃而谈;在中心校区、洪楼校区、趵突泉校区的团小组会议上,成员们认真学习支部团员大会学习文件。他们孜孜以求,全神贯注。大家以青春之我、奋斗之我,高扬起学习理论、体味精神的奋进之帆,凝聚起促进支部团会顺利开展的蓬勃之力。

“我认为五四运动是新世纪的曙光,我们要学习五四精神,练就过硬本领,将理论知识与实践相结合,勇做走在时代前列的奋进者、开拓者、奉献者。”在团小组会上,来自文学院的尚文月说道。建设美丽中国,实现民族复兴是文院人的初心,更是山大人的使命与担当。

最后,各个校区的团小组就结合自身学科特点进行讨论,分享学习的心得体会。此次分享不仅弥补了“术业专攻”所带来的单一学科思维劣势、体现了仿吾班学科集合的优势,也使得大家对即将开展的支部团员大会有了翔实的准备并更加充满期待。

"光荣啊，中国共青团……"悠扬的曲调从仿吾学堂中飘了出来。晨光熹微，门口的几个烫金大字仿佛在闪光。支部团员大会就此开始，主持人王续卓从容地走上台，组织大家学习了《习近平总书记在纪念五四运动100周年大会上重要讲话》，然后大家分小组讲述新时代青年该如何全方位、多领域地践行五四精神。

"幸福都是奋斗出来的，奋斗本身就是一种幸福。我的梦想就是成为一名优秀的新闻记者。热爱新闻工作，甘于吃苦、精益求精、深入洞察是新闻记者的职业素养要求。作为学校新媒体的一名成员，我在实践工作中磨炼和提升自己的工作能力，培养自己的奋斗精神。"这是新闻传播学院的杨婷丹同学的五四"理想"。"我认为，践行五四精神，首要的就是要树牢'四个意识'、坚定'四个自信'，坚定不移跟党走；其次是我们青年人要有敢为天下先的勇气，敢闯敢干，逢山开路，遇水搭桥，要有一股不服输的劲头。"这是控制科学与工程学院的林子程同学的五四"宣言"。"民主潮流，大势所趋，顺者昌，逆者亡。自由、民主，九十年前，就是我们的先贤追求的目标，今天，我们仍在不断地追求之中。一屋不扫，何以扫天下？己不能正，焉能正他人？当我们追求民主、自由时，首先应当从自己做起。"这是哲学与社会发展学院的臧一同学的五四"反思"。此外，各个小组都在观点的碰撞中交流自己对于如何践行五四精神的理解，五四精神的内涵在不断地交流与讨论中愈加内化。

团歌再度响起，伴着同学们的掌声，团支部大会圆满地画上了句号。太阳早已高悬当空，温暖的阳光洒满仿吾学堂，也映在每一个仿吾学子的脸庞。

一个时代有一个时代的际遇，一代青年有一代青年的使命。而我们今天的时代使命便是为实现民族复兴而奋斗，在建设社会主义现代化强国的伟大实践中抒写青春篇章。在时代的洪流中,每个建言献策的声音都有回响,也都会被记住。“追仿吾青春理想,寻时代青年精神”也将激励着“小青马”们担起历史重任,在中国特色社会主义道路上快马扬鞭、奋勇向前。

团课:追山大家国情怀,寻未来强国一代

“无论过去、现在还是未来,中国青年始终是实现中华民族伟大复兴的先锋力量!”为了学习不同历史时期优秀人物事迹,树立中国特色社会主义共同理想,仿吾班以“追山大家国情怀,寻未来强国一代”为主题开展主题团课,追忆历史,用眼、用心、用不断深刻信仰的学习与自勉,在新时代的浪潮中,触摸那份滚烫热望与希冀。

少年强则国家强,参天的大树荫蔽着孩童,繁盛的枝叶讲述了百年树人的故事。从天安门城楼上领袖的宣言到香港岛上五星红旗冉冉升起,从经济特区一个个开放到载着和谐号的铁路通向四面八方,从边疆抗洪救灾众志成城到北京奥运盛放东方,我们把这些辉煌与坎坷的记忆一一整理,娓娓道来,讲清事实和价值,诉说反思和期望。

“一个铁人前面走,千百个铁人跟上来,建国七十年来,在工厂里,在矿井下,在实验室,到处都是‘前浪滚滚后浪涌,一旗高举万旗红’的喜人局面!以王进喜同志为代表的劳动人民,燃烧自己的生命与智慧,共同书写新中国建设‘众人拾柴火焰高’的奇迹!”这是情景剧小组激昂的剧终旁白。

“各位观众,晚上好!欢迎收看《新闻联播》节目!本次新闻联播的主题是‘建国七十周年代表人物回顾’。我国改革开放取得了重大成果,国民经济持续健康发展,人民生活水平显著提高……在这些辉煌成绩的背后,有这么一些人,曾默默耕耘过。今天,我们将走进他们

的故事，感知这些伟人的生命历程，我们也将在他们的故事里，感知建国七十周年以来的伟大成就……"这是新闻联播小组沉稳的开场词。

"文化发展要加强，党的指引得跟上，代表先进大方向，百花齐放；人民利益出发点，党的代表是诺言，为了人民谋幸福，牢记心间；"三个代表"要求党，先进纯洁永不忘，未来十年前景好，万丈光芒。"这是三句半小组简洁有力的三句半节选。

……

七十年风雨兼程，七十年同舟共济。在建国七十年的悠悠岁月中，优秀前辈们前仆后继，用青春与热血铸就一个又一个里程碑，记录大国崛起的光辉历程。在一间小小学堂里，我们将七十年分为七站，进行了多样的呈现与展示。三十个年轻的灵魂与书为伴，与祖国的命运同舟，他们分组站上讲台，通过新闻、小品、三句半、朗诵、外语、情景剧等形式，结合不同学科从不同的角度，回顾建国七十周年来的风雨历程，以时间为界，让彼此的思想碰撞出丰富的绚丽火花。

红日初升，其道大光。如今，我们已迎来了崭新的新时代，又一座雄伟的里程碑伫立在前进的道路上，我们需要继续坚定不移地走社会主义道路，并将中国特色的元素注入其中。在成为优秀的青年马克思主义者的路上，我们将继续不断奋进，砥砺前行！

（文/宋文婷　尚文月）

追寻祖国故事，坚定青春方向

七十年来，多少风霜铸成记忆；七十年来，多少话语难以忘怀。从老一辈人的口中，我们看到了祖国的发展与变迁，心底顿生自豪；从新一代的青年眼里，我们看到了祖国未来发展的希望，坚定“青马”志向。

中秋节的雨后傍晚，十几位“小青马”们踩着湿漉漉的地面，走进这个小院子，穿上仿吾班的班服，戴上团徽，拎上饱含温情的山大月饼，前往济南市市中区鼎泰老年公寓看望那里的老人，在湿冷的天气里给他们送去节日的温暖。

夕阳的余晖中，几位“小青马”在中心校区小树林里遇到了一位与祖国同龄的爷爷，听他讲述与祖国同呼吸共命运的过往，在同祖国母亲一起迎接繁荣发展的今天，他的眼神中透露出几分刚强和果毅。

夜晚，小树林的灯光下，我们邂逅了一对住在山大附近的老农民夫妇，他们曾经在山大目前所在的土地上耕种过。看到曾经孕育物质财富的地方现在正结出教育的累累硕果，他们很开心，也很自豪。听到这里，我们的心中也是暖暖的，更觉不应辜负老一辈人的期望。

世间的巧合从未停歇，渺小的我们与恢弘的命题形成共振。在山大，就有这样一群青年，他们的名字叫“国庆”。我们专访了山东大学的几位“国庆”同学，想听听他们对国家和未来的美好愿望。从本科生到研究生再到博士生最后成为大学老师，这是2019级电气工程学院的任国庆同学的梦想；在自己的专业中深耕，达到一种资格以进入国企工作，这是2019级能源动力与工程学院张国庆同学回报国家的一种形式。无论是怎样的梦想，新时代的“国庆”们都始终不忘自己的初心，为祖国未来大大的发展而多多地努力着。

追忆往昔，我们感慨万千，深感生得其时；展望未来，我们不忘初心，继续“青马”奋蹄。仿吾班这一季“Follow Me”示范活动，不仅让我们收获了此前书本上学不到的"实践技能",更让我们学会了如何更切实地感受这个时代的脉搏,同时也为全校团支部提供了一个团支部活动的示范,并收到了良好的反响。未来,仿吾班将继续发挥各专业的优势,在其擅长的领域里,发光,发热。

(文/牛凝　刘春发)

第五话|十月获稻

【编者按】 为庆祝新中国成立七十周年，成仿吾英才班组织参与学校“我与祖国共奋进”国旗下演讲特别主题团日活动，仿吾班同学以新时代的山大人的责任为出发点，呼吁山大青年勇于担当、回报社会，为学校、社会和国家的发展贡献力量。他们的演讲振奋了山大学子的爱国之心。

大成广场:我与祖国共奋进

“我是光荣的共青团员，我用‘志愿服务’向祖国母亲献礼!”新中国的发展进步，离不开中国人民的共同努力，山东大学附属中学学生、山东大学国旗护卫队……来自山东大学各界的青年代表为中华人民共和国成立七十周年献上祝福。

"愿祖国永远鲜红,永远繁荣,永远强大,永远热烈,我们永葆赤诚,永远坚定。"大成广场上的太阳还未全部露出,仿吾班的"小青马"们已经整齐地守护在即将升起的红旗旁。

国旗护卫队的脚步铿锵有力,护送国旗进场的动作整齐划一。在庄严的国歌声中,鲜艳的五星红旗缓缓升入空中,全体师生以庄严肃穆的面貌行注目礼。人们回顾着新中国成立七十周年来的沧桑巨变,憧憬着新中国的美好明天。

飘扬的国旗和嘹亮的国歌,在每一个人的心中激荡起爱国之情,这种爱国之情最终会转化为强国之志、报国之行。成仿吾英才班第三期学员王续卓在国旗下与大家分享了自己的山大奋斗故事,为广大青年树立了学习的榜样。同时她从新时代山大人的责任出发,呼吁山大青年承担责任、勇于担当、回报社会,为学校、社会和国家的发展贡献力量。

"吃苦在前,享受在后,为共产主义事业而奋斗!"这铮铮誓言,是成仿吾英才班同学们以崭新的姿态迎接新征程的决心,更是为祖国今后发展不断提升自我,凝神聚力的信念。国家的希望在青年,民族的未来在青年。在新时代新形势下,我们更要坚守初心,砥砺奋进,不负伟大时代。

七十岁峥嵘,团结奋进;七十载岁月,万象更新。小时耳闻小米步枪打天下的故事,那是英雄铸造的传奇。如今,一顶顶高昂的军帽下的坚毅脸庞,那是愈燃愈烈的中国军魂;一排排先进的武器,那是飞速进步的中华力量。

当此之时,吾辈自当延浩然正气,承时代担当。志存高远,脚踏实地的成仿吾英才班将继续携手共进于新时代中国特色社会主义道路之上，为建设最美中国，谱写华美篇章贡献山大力量！

（文/侯亚琳　林子程）

会议厅：聚焦情感表达，探讨社交生活

2019年10月17日下午，仿吾班三期成员于中心校区马克思主义学院参加“我们的社交生活”主题讲座。主讲人为Boston Youth Center创始人与临床主任、美国Babson College心理咨询中心特聘咨询师、中国石油大学国际教育学院外籍心理咨询师翟旻玥，报告主题为“人人都可以会聊天——探讨一下我们的社交生活”。

翟旻玥结合大学生生活学习可能存在的现实问题对社交圈子的理论层次、如何选择朋友、怎样社交等话题进行了详细、生动的阐述。讲座进行过程中，仿吾班和马克思主义学院同学们积极回答问题、深入思考，会场不时传出笑声和掌声。

讲座伊始，翟旻玥向大家介绍了社交圈从最亲密到不会交往逐级划分的理论。接着，她通过帮母亲买错东西、与家长产生职业规划的矛盾等现实事例，与同学深入交流、互动，展示了社交中措辞的艺术和心理的调整方法。如：比较双方观点、采用不卑不亢的语气和措辞、陈述事实等。她还强调了倾听的重要性，并从表现自信、学会分享自己的感受、了解对方的兴趣所在等方面，结合如何进行一场有趣的谈话来做进一步阐述。她表示，记住“不是所有人都和你想法一样”是人际交往中

很重要的原则。最后,她向同学们推荐了《关键对话:如何高效能沟通》等相关书籍。

本次讲座,为仿吾班三期同学提供了社交的理论和方法指导,拓宽了同学们的知识面,不失为一场贴近生活、精彩纷呈的精神盛宴!

(文/毛秀慧)

第六话 | 二月绀香

【编者按】 2020 年 1 月 24 日，山东大学附属医院响应卫生健康委的号召，主动请缨参与到湖北新型冠状病毒的感染救治工作中，并派遣多批医疗队前往武汉支援，以实际行动充分发扬山大人“学无止境，气有浩然”的校训，将个人使命与家国情怀、民族大义牢牢地结合起来。基于此，本支部在全校范围内第一个发起了“山川遇江城，‘青马’盼凯旋”的线上团课，为抗击疫情加油打气，并通过学习楷模和相互交流进一步树立了未来山大人的责任担当和理想抱负。

战疫汇：山川遇江城，“青马”盼凯旋

2020 年 2 月 10 日，在家隔离多日的仿吾班“小青马”们按捺不住对于同学的牵挂和对于疫情的担心，借助线上会议软件，组织了一场主题

为"山大人的家国情怀"的特殊团课。在这场没有硝烟的战斗中,同学们真切感受到了一线工作者们的辛劳和伟大,对他们肃然起敬。在感动的同时,同学们更意识到了每个人身上的责任。

在疫情的影响下,寒假被延长,在我们"宅在家里就是为国家做贡献"的时候,一部分山大人却在用生命保卫着大家的健康。他们在交流中发现,这半个多月以来,身边的山大人无一不密切关注着国家疫情,用不同的方式奉献着自己微小却不可缺少的力量:在朋友圈中,山大人的"抗击疫情,共同承诺"的承诺书已有上万条,在家的同学通过各种渠道积极捐款,更有同学写下支援湖北的请愿书。在宣传阵地上,山大广告研究中心发起了"We Go,为最美逆行者加油"公益传播计划,面向全国收集对疫情中的逆行者的祝福文案和海报……心系天下,笃志力行是山大人从始至终的担当。

立足现实,仿吾班的同学们在这堂特殊的团课上,更明确了未来山大人的责任担当和理想抱负。作为优秀的山大学子,作为中国共产党的生力军,即使是在疫情肆虐的困难时刻,成仿吾英才班的同学们依然勇担青年使命。同学们依次分享疫情中自己点燃的星星之火:从新媒体作者到社区志愿者,各个专业的同学们表现出的拳拳热忱,彰显着青年人与时代同舟的责任感与使命感。

疫情虽难,但青年不怕困难,还要克服困难。团课最后,"小青马"们相互加油,并对前线医护、建设人员表达了真挚的感谢与敬意。此次线上团课积极践行了教育部提出的高校"停课不停学"的要求,既在疫情期间提振了团员信心,又通过学习楷模和相互交流,对团员的自我发展起到了启迪作用。

(文/林子程　张　素)

第七话|三月桃良

【编者按】 随着疫情防控攻坚战逐步取得显著成效以及线上教学工作的有序开展，2020年3月5日下午，山东大学成仿吾英才班开展了“愿春来疫去，看‘青马’奋蹄”的线上主题团日活动。校党委书记郭新立参与活动并讲话，他一方面为同学们介绍了山东大学在疫情应对中的作为和成果，另一方面更是对同学们思想、学习、生活提出了期许。随后，学校各团组织、团支部纷纷组织开展线上团员教育活动。

主题团日：愿春来疫去，看“青马”奋蹄

惊蛰的雷声鼓舞着在家上网课的“小青马”们，疫情状况的不断好转也使他们对抗疫前景抱有非常乐观的心态。3月5日，仿吾班30名

"小青马"们早早地进入了在线会议室，为接下来的活动做好准备。本次团日活动正如主题一样，洋溢着憧憬与信心。

"山东大学按照习近平总书记的要求，在党中央、在山东省委省政府、在教育部的领导下，全力以赴地投入到抗击疫情的伟大战斗中。一是组织医务工作者奔赴武汉，抗击疫情；二是凝聚科研力量，助力前线的科学研究工作；三是积极建言献策，特别是在公共卫生管理方面，对这次疫情提出了很多政策性的建议；四是做好学校的防控工作，始终把维护广大师生、医务人员的生命健康安全放在第一位，把疫情防控工作作为当前最重要的工作。同时，推动学校的网络教学工作，做到'延期开学，如期教'，努力营造一个好的教学与学习环境，不断地提高学校网络教学的质量，以期实现'按时放假，如期毕业'的目标。"郭书记向同学们介绍了山东大学在抗击疫情方面所做的工作和贡献，各个专业的学员们在听到与自己专业有关的成就时都不禁泛起自豪的微笑，而在略带青涩的微笑里，表达的是他们无不心怀"今日我以山大为荣，明日山大以我为傲"的抱负与决心。

校党委书记郭新立动情地说，通过此次疫情，他感受到了中国特色社会主义制度的优势、党和国家的伟大以及医护工作者的无私奉献。在以习近平同志为核心的党中央的英明领导下，疫情逐步得到控制，捷报频传，大家不断地看到新的希望。在这次前往抗疫一线的医护人员当中，有很多优秀的共产党员，他们毫不犹豫地写下请战书，发挥了党员的模范带头作用，体现了齐鲁医学教育的博施济众、广智求真的精神，彰显了齐鲁医学人的精神、山大人的精神。对于校友和山东大学齐鲁医院的医护人员在战疫中的出色表现，郭书记十分欣慰。对于山大有活力、有马克思主义信仰的"小青马"，郭书记更是语重心长地嘱咐：一是重新认识自己、重新思考、重新定位人生的价值追求；二是学好专业课文化知识；三是慎终如始，在此刻决不能麻痹松懈，一如既往地做好个人以及家人的防护工作，在这场疫情阻击战中，贡献自己的山大力量。

而在“青马”谈“疫”阶段，六名“小青马”代表展现出仿吾班的青年风采。他们担当社区抗疫志愿者、分享在疫情期间就医体验、组织开展募捐活动、与医生家长交流对疫情的了解与感受、参与线上公益传播活动和学校官方媒体宣传活动……在疫情中的亲身经历，是成长中不可多得的苦口良药。而他们的付出，更是“你怎么样，中国便怎么样”的真实例证：正是全国星星点点的抗疫力量，筑起了防疫抗疫绵延万里的长城。在自由发言阶段，同学们结合自身专业特点以及抗疫期间的亲身经历畅所欲言。随后，在被同学们问及“仿吾班开学以后具体的要求和安排”时，马克思主义学院马晓琳书记从学习、第二课堂的实践活动、班级建设三个方面做出回应，王韶兴教授听完同学们的发言后，也向大家分享了自身的体会。

“隔离病毒不隔离爱”，此次团日活动让同学们更好地感受到了学校的关怀与爱护，更加深刻地认识到家国情怀和山大担当的真正含义。他们立志从成仿吾先生身上汲取精神力量，努力学习练就过硬本领，在国家危难和人民需要的关键时刻肩负山大担当，勇担家国使命。

（文/王续卓　何海东）

第二目　青马随想

青年人的思想总是活跃的，青年人的姿态却是多样的：从他们的文字中，我们能够看到昂扬的、沉思的、活泼的、严肃的……各种各样的他们。对于同一个触动，每一个年轻的心灵，都有着其独特的感受。一场旅行，一件时事，总是能在他们的脑中、笔下，萌发出属于优秀青年马克思主义者的深刻而不同寻常的感悟。

第一话｜延安，你究竟是什么样的

【编者按】 延安，是秦后历朝之边陲重镇，是中华民族的重要发祥地之一，还是中国革命的落脚点和出发点。尽管革命的炮火早已远去，但延安精神始终是照亮我们平凡生活里英雄梦想的冉冉烽火。

延安精神源远流长、博大精深、底蕴深厚，是红船精神、井冈山精神、长征精神的发展和升华。习近平总书记称延安精神是“中华民族优良传统的继承和发展，是我们党的性质和宗旨的集中体现”。为了能够更加深刻地理解延安精神的内在本质，成仿吾英才班学员们以参观革命遗迹、听讲革命故事、重走革命之路等方式，先后前往了延安革命纪念馆、王家坪革命旧址、宝塔山、枣园革命旧址、杨家岭革命旧址、南泥湾、梁家河村、西北局革命旧址等革命圣地学习，在潜移默化中缅怀老一辈革命家的丰功伟绩，在主动参与中传承红色基因。

代代无穷已，只需往前去

设想中的延安总是干燥的，黄埃散漫，风也萧索，沉郁温钝间却又透着苍茫寥廓。天边凝生阴冷庄重的云，地上开出向阳而生的花，一如当年绝处逢生的中华民族。

恰逢好雨，我们一行人踏入延安城，这座被三山拥抱、两河环绕的古城立即打破了我对它的种种构想。秋日的温度舒坦得恰到好处，满眼净是大片的浓绿、新绿，一起摇曳在晚风里。住在郊外，无需屏息凝神也可听得见这一年最后的蝉鸣，行程还未正式开启，我便已经收到这片黄土地给予的亲切问候。

走进延安革命纪念馆，无数的图像和文字静静地等待着有心人的到来，来读懂那段艰难困苦却成就辉煌的峥嵘岁月。在让人目不暇接的观览过程中，一位又一位仁人志士与我擦肩而过，他们或是在某一张合影的最边上，或是在某一段新闻中被概括为"许多人"。一张旧报纸上有一条标题为"我军光复秦皇岛山海关"的新闻，可以想见，其中一定会有人牺牲，可有谁能知道他们的名字？在中国这片广袤无垠的土地上，有多少不为人知的悲壮在上演。千千万万普通人，行普通事，用年年岁岁的时间把白发缀成长线，在我们看不到的地方一针一针缝补光明，修复正义。他们百年身死后，爱与恨的细节就此泯灭，消散在无尽沉默之中，最终，除却亲人，剩下的也只有听闻者的一声叹息。而当他们的亲人离去，世间就再也无人知晓曾经有这样一个人走过如此壮烈的一生。这令人何其怅然！历史如千顷波潭，一滴水的坠入掀不起一丝一毫的波澜，只有当狂风刮过，才会有因风而皱的片刻。然而古往今来，能掀起狂风巨浪的旷古伟人算起来又有几人？更多的人即便被水波吞噬，也看不见圈圈涟漪。正因人生不过百年，却不见功名，才有东坡“人生如逆旅，我亦是行人”的喟然长叹。

然而，每个人生命终结的价值并不相同。毛泽东主席也曾引用司马迁的话说：“人固有一死，或重于泰山，或轻于鸿毛。”无名英魂虽然没有留下姓名，但绝非匆匆过客。他们为延安的保卫战争、为中华民族的抗日战争、为中国人民的解放战争做出了最英勇的贡献。无论是前线士兵、战地医生、后勤人员还是其他诸如种地农民、纺织女工、米店老板、戏剧演员等各行各业的无名氏，都在尽己所能地做一点事情，使得中国的下一个瞬间变得更好。英雄从来都不应该被刻画成刀枪不入、无欲无求的完人，“固知一死生为虚诞，齐彭殇为妄作”，大彻大悟的庄子可以鼓盆而歌，但常人恐怕还是会扶棺痛哭。这世间更多的，是陷在万丈红尘，尝大悲大喜的普通人。只有这些会想家、会害怕，却仍旧以血肉之躯誓死抗争、却仍旧要省下口粮送到前线的普通人才是真正的英雄。他们纵使无己、无功、无名，却留下万古长存的印记，天安门前庄严的碑文清清楚楚地昭示天地——人民英雄永垂不朽。

战争，绝非简单地冲锋、拼杀和倒下，中间还包括对局势的判断、情报的递送、粮食的供应以及人心的收归等多个层面的考量，其中，粮食问题可以算作行军打仗的重中之重。1937年7月，抗日战争全面爆发，国共两党携手奔赴抗战一线。然而之后，国民党消极抗日，转而对陕甘宁边区进行军事封锁、经济打击，使边区的局势一度不容乐观。在此背景下，一场军队屯田和鼓励生产的群众运动轰轰烈烈地展开了。这场大规模的自救运动，使中央控制区基本实现了自给自足。而我们成仿吾英才班也去往南泥湾，亲身体验了除草、摘菜、磨面甚至烧柴煮饭等农务活动。思及红军作战时不仅要直面战火硝烟，出生入死，还要掌握生产技能，种瓜点豆，便觉得自己的万千烦恼都不值一提。前辈们既然可以想尽一切办法解决问题，我们又岂能将自己困于一隅天地之间？随后的"小长征"活动中，教官指挥我们模拟了爬雪山、过沼泽、突围、埋伏等众多历史场景，汗水顺着鬓发滑落，才知道艰难苦恨真的可以染白双鬓。很多时候，倒下并不是因为多么重大的挫折，而是因为一把太多太多细节拼成的弯刀。这时候，音响里忽然停止模拟枪声，换成了一首歌曲，有句歌词是"我不怕风和雨，我期待笑和痛"。期待笑容可以理解，可为何也要期待痛苦呢？或许只有体验到痛，才算真正历经人生吧。

黄土情怀不但孕育了实事求是、艰苦奋斗的延安精神，更孕育了爽朗热情、快意潇洒的延安人民。一路以来，太多的友好和善意和我撞了个满怀。枣园革命旧址旁边，一位老伯将畅快的笑意铺陈在黑黄的面容上，白羊肚头巾高高扎起，把火一般的腰带往天空一抛，安塞腰鼓便"咚咕隆咚"即刻敲起来，好一个洒脱自在的陕北人！老伯一行人在戏台上跳跃、舞动，不一会儿又开始放声高歌，在"山丹丹开花红艳艳"的乐声里扭起大秧歌。他们大笑着喊道："跳起来啊同学们！再跳高点，往前看，不要低头！"旺盛的生命力从他们的每一个动作中散发出来，我想，这也是延安精神的一部分——永远向前看，永远不低头。我想起余华先生的《活着》一书，主人公福贵在旁人眼中也许是所谓的底层人、幸存者，然而他不过是在一心一意地过日子罢了。魏晋时期刘伶醉酒，告诉仆从："死便埋我。"这固然洒脱，可我觉得这种洒脱并不出于"悟透生死"，而是出于一种虚无。延安人民的潇洒却是因为他们拥有结结实实的、能承受生命之重的力量，充斥着由内而外的对生活的无限渴望，这力量、这渴望如大江东去般澎湃，也像群星璀璨般恒远。这动人的热情，一时间竟叫人眼眶发红。

行程结束之后，我久久地思索，延安精神到底是什么？我们这些后来人究竟应该从这里面学到哪些东西？最后我将此行的收获归结为两个字——成长。首先，"捐躯赴国难，视死忽如归"的爱国之火在我的胸腔里燃烧得愈发强烈，但先辈们的智慧告诫我们，冲动行事不可取，智勇双全方为上策。其次，虽然只在南泥湾体验了一天，生活能力不会有突破性的提高，但"自己动手，丰衣足食"的行事理念已经传到了我的内心深处。拓展开来讲，无论遇到什么问题，都可以选择先暂时性地释放情绪，但过后就应该立即想办法抽丝剥茧地分析问题、解决问题，耽于苦痛颓废只会让问题积重难返，现在常说"核心技术靠化缘是化不来的"，其实这句话针对个人问题同样适用，自我救赎才是唯一可靠的路径。此外，这一路上早起集合、随班行动也强化了我的纪律观念与守时观念，人民军队"听党指挥，能打胜仗"，我们作为各种社会关系的集合，同样应该尊重规则、尊重他人。最后，万分有幸能够和仿吾班的老师同学一起出行，一路欢歌一路笑。这些舒展开朗的年轻人就像万里无云的明净晴空，用最真挚的心和最认真的态度对待同伴、做好工作。谦让、包容、坚毅且乐观，他们如此耀眼，可以照亮延安细雨蒙蒙的阴沉天空。相信有这样一群青年马克思主义者，"青马"工程一定会越来越好；有这样一群年轻人，中国的明天会更加值得期待！

"千百年前的光遥远而真实地存在着，你只需要去做一颗纯净的星辰。"

世间山海相接却又山海相隔，重峦叠嶂，有时隐天蔽日。中国共产党在封锁与包围中果断转移，踏上漫漫长征路，"从头越，苍山如海，残阳如血"，但令人鼓舞的是，红军长征胜利会师，党在陕甘宁地区建立了拥有二百万人口、十几万平方公里土地的革命根据地，延安十三年，一次次危机四伏，又一次次柳暗花明，星星之火，终成燎原之势。就像这人生昧履，虽负重而行，却终会见到曙光。前辈们留下足迹，我辈追寻之、探索之，最终会开辟属于这个时代的新道路。

离开时，延安的连日雨渐渐停了，远山和窑洞又在腾腾雾气背后显现了出来，清爽的气息抚慰大地上的一切。红日初升，云开雾散，延安在太阳下稳步向前，建国七十年后的中国也眺望四方，正大踏步地朝世界前列走去。

（文/杨婷丹）

这是阳光的道理

广袤而丰富的中国版图上，黄土高原自始至终安静地在大西北的风中沉默，未曾转移；沟沟壑壑的黄土高原边上，延安自始至终安静地在群山环抱中生长，未曾动摇；延安的人民一代代延续，延安的红色烧遍了大江南北，从边陲的森林到波涛中的海岛，过去是这样，将来也必定这样。那种向上的、平等的、顽强的精神在延安达到了最高峰，它是红色的，这红色是旗帜——也许我们需要的是永远的延安。

从南往北的火车在西安停下了，张望的眼睛定格在大巴车上，又是上车下车，舟车劳顿。但当车门打开，踏到延安的土地上时，略凉的空气一下子涌来，陌生的土地让我心跳快了几秒，正如许多年前，那些从湿热的南方来到延安的年轻人一样。但革命圣地是否像传言中那样让人愿意扎根在此，不愿离开呢？我心中抱着极大的好奇。我穿上灰蓝的八路军军服，伴着雨水，踩着泥泞，随着队伍登上宝塔山，列队参观一个个纪念馆。那些真实的、丰富的图片，那些复原的建筑，那些无法想象的数据，还有导游的陕北口音，东方红和陕北民谣的调子，所有的东西都带着延安的独特感觉，染上了属于延安的特殊气息。

每当我参观一个旅游景点的时候，我总是会想，它存在的意义有多大。一个城市，何以让全国甚至世界的人们来参观、游历？当我结束这趟旅程，我又能从中收获多少？延安给了我答案，给了四处旅游的我目前能获得的最好的答案。从旅游的角度，它不如上海繁华，不如北京醇厚，甚至在景点的丰富性上比不了古都西安。但延安啊，延安，它就像一位穿着粗布旧衣的老大娘，脸上的皱纹跟陕西的沟壑一样多，浑浊的眼睛却映射着只有过去的日子才能灌溉出的精神之光。她别着一枚红星，锈了的别针看出年纪，然而红星依然能让人感动。当她给我们讲述过去的日子，讲那一个个延安的人、一件件延安的事时，我明白了有些东西是时间冲刷不走的，值得珍藏、传承的道理。

第一是阳光的道理。黄土高原的太阳跟别处不同，它照耀的是黄色的土地，它比它西边的太阳少一些枯干，比它东边的太阳少一些朦胧，比它北边的太阳更温暖，比它南边的太阳更干净。一方水土养一方人，一方百姓也能让这里的山山水水、阳光空气变了模样。我看到南泥湾搞生产的他们、一心一意建设中国的他们、挎着安塞腰鼓扭着大秧歌的他们，一个个不同的面孔上洋溢着同样的乐观向上。他们眼中的生活，他们眼中的未来，仿佛永远是光明的，就像被延安山梁顶上的太阳照着一样。

搞生产时他们有干劲儿。那时候，军队和百姓水乳交融。所有人都要把贫苦、落后的延安变成全国物产最丰富、人民生活最幸福的粮草大后方。四处无人烟的烂泥湾被改造成南泥湾，一个到处是庄稼、遍地是牛羊的好地方。但谁敢说一切都是顺利的呢？如果我没有到过延安的纪念馆，或者如果我只是关注了展览馆里两张图片就能讲完的延安的变化，我不会知道开荒垦田、打坝淤地时那种工作难有进展的艰苦；不会知道上山砍柴的路途可以让一位把勤劳付出当作使命的老兵永远沉睡在山间;不会知道毛泽东、周恩来、朱德等等传奇的领导者也是跟一众百姓一样,耕耘在田地里、山水间,体验着人生平凡的那些苦楚并当作寻常……这些都藏在云雾后面,他们是远处可见的青葱山峦最现实的粗糙底色。纳鞋底的妇女的手是那么巧、那么快,锄地的解放军和新来的知识分子都在根据地忙碌着;我能想象到当时解放区的晴朗的天,解放区的人民自然喜欢,他们的笑容跟挤在一起的玉米粒一样快要溢出来,那是因为有了希望、有了信心、有了阳光。

阳光是从天上的云层里投射下来的,那如阳光一般引领着、照耀着人们前进,给予人民信念的精神力量又是从哪里来的呢?我想,就是从优秀的中国共产党人中来。一个队伍、一个民族必须要有自己的领头羊,他们有纪律、有方向、有目标,同时心系百姓、善良可靠。而这样的队伍,最需要的就是明确的目标所带来的源源不断的动力,同时这种动力也会带动所有人,给所有人以希望。那时的延安,中国共产党向着民族独立、人民解放,为着一个崭新的世界进发,从不曾动摇,目光坚定,百姓拥护。新时代的我们,新时代的党,也同样需要有走中国特色社会主义道路的坚定自信,并将这种理想信念夯实在每个党员、每个人的心中,且只有这样,中国才能发展得更快、更好,中国人民才能更团结。

第二是雨水的道理。在延安的这几天里,我恰好遇到了雨。这雨是平静的,也总是能启发我的灵感。不管天上的云彩是什么形状,不管哪里厚实、哪里薄,我们不会觉得这一寸的雨下得格外多,那一块儿的雨更稀疏;雨滴一点点地下坠,不会有哪一滴比其他的大很多,也不会有哪一滴特别小;雨不会因为小草更可爱就给它更多的雨水,也不会因为砖窑洞比土窑洞结实,就在它那里跳得更欢。

那时延安的革命根据地,实在是有着值得永远被立为标杆的社会生态。谁能够想到呢?无论西方还是东方,无论历史还是将来,全世界的人们都把平等看得那么重。平等的话题一直在从报告厅到田间地头的“圆桌”上不断被讨论。文明究竟是如何发展的？什么才是社会的美好？在我看来，如果说精神的“阳光”是一个政党的信条的话，那么最大限度的平等和有规有矩的民主就是能使精神不被人的劣根性拖累的防腐剂。那时的延安，毛泽东同志的小板凳上总会挤上位陌生的小战士，领导者和群众之间没有太远的距离、没有心理的隔阂，也更没有行为的等级化。再遥想过去，思考当今，我才能搞明白“尊重”和“平等”的模糊地带。那时延安的状态，无论如何讲，都是能使每个人快乐的方式，能使社会向前发展的方式，值得被推崇。常见的为领导端茶倒水、领导来时起立迎接等，已经成为了一些人的习惯或者说是某些地方的不定之规，然而这些表面上看起来一团和气、尊重佩服领导者的举动，是否是发自内心的？随着时代的发展，中国在稳定的政治下持续向前，追忆延安辉煌的同时，现在的我们也要时刻警醒自己：追求民主的道路是枝枝杈杈、十分复杂的，我们要警惕把民主变成格式化的僵硬“礼节”，警惕过分、过度，不断反思。当今，民主与法制建设较为健全，但仍可以变得更好。要想让民主与法治在每个人的身上得到更深刻的体现，沉淀为每个人骨血里的“文明”，还需要我们为之不懈追求。

最后的道理，大家都铭记在心。延安而今到处是青山绿水，山坡上、山顶上，茂密的树林、灌木让人赏心悦目，河流枯水时岸边也长着大片大片的野花，从过去黄土高坡给我们的光秃、裸露的意象到现在的状态，这决不是一日之功。我们想要让国家、自己变得更好的愿望，也是需要经过长期的、顽强的努力才能变为现实。

梦，在当今的符号体系中不再是一个飘缈的、无法触碰的东西。它是一种目标、一种坚定不移的信念，等待着、召唤着一切向好的、肯干的人们，用尽全力为之奋斗。从马克思、恩格斯的理论设想，到延安时期的勇敢尝试，再到当下的有所建树，社会主义的、中国的发展，始终在路上。我愿延安的顽强和向上能让更多人知道，让更多人有所触动并铭记在心，转化为个人并从而凝聚为民族的、为理想未来而奋斗的常态。

延安是红色的，红色的延安是那样的鲜艳、耀眼。在这象征性、标志性的红色之下的含义，需要我们重新审视、挖掘，而不是习以为常、渐渐忽略。在这次延安之行中，我在劳作中体悟、在观看红秀时感动、在革命者的土窑洞里思考：延安啊，延安，你交给我一面旗帜，更教会我如何成长。往日的延安是从弱小变强大的典范，因为其蜕变、成长，才被世人推崇、向往，而今的中国更需要继续成长，不忘初心、砥砺前行，在已经取得的成就上，拾级而上。保持谦卑，保持昂扬，未来的中国、未来的我们必将屹立于阳光普照的地方。

（文/魏一然）

延安啊延安

这是一段非凡而伟大的历史，这是一段遥远而漫长的距离。我们的先辈们用脚步丈量着祖国的每一寸土地，在那战火纷飞的年代里，顽强地跨越了那段距离，用血汗将革命的火种不断延续下去，点亮了那个时代。八月末，我与成仿吾英才班的伙伴们一起走进延安，走近那硝烟四起的年代，体悟革命先辈一路传承下来的延安精神。实践活动已经结束，可每每忆起这段经历，总是颇受震撼、感慨万千，遂开卷着笔，将心情梳理、记录。

实事求是，感受实践的力量

延安，对我而言，是一个既熟悉又陌生的地方。

我曾在课本上反复见过这个名字，也在老师们的讲述中一遍遍默念这个名字。父母在感叹时代变化时也讲过，虽然我每次都似懂非懂，从未真正理解过他们用“那时候啊……”做开篇陈词时，怀念而又欣慰的表情。

延安，延安，你究竟是什么样的？

直到真正踏足延安那片黄色的土地、体悟延安精神，我才终于明白延安之于我们的意义。

在延安北京知青博物馆，我们看见了中国革命在延安短暂又漫长的十三年，无数前辈点亮了熠熠生辉的延安精神；在延安宝塔山、枣园、杨家岭等一系列重要革命圣地，我们用脚步和思考丈量过革命年代艰苦奋斗的峥嵘岁月，亲手触碰过那些见证了岁月的历史痕迹；在南泥湾，我们亲身体验过去的“大生产运动”，体会到前辈们劳作的不易，明白了劳动的意义；在梁家河与西北局革命纪念馆，回顾习近平总书记的知青岁月，深入了解西北革命根据地建设、发展的历程及西北局的工作部署，继承红色基因……

在实践的过程中，我一直非常感动。生活在经济高速发展的和平年代，我曾觉得那些革命岁月离我很远很远，是听上去令人钦佩，却像是故事中的人和事。现在，它们不仅是故事了，那遥远时代的一幕幕，我无不感同身受，又似身处其中。我也忍不住反思，如果我处在那个时代，也能拥有革命前辈们这样的觉悟吗？我愿意为理想、为人民奉献这许多许多吗？回答当然是肯定的。纵使在当今时代，我也当将这种精神传承下去，践行在日常学习生活当中，方能不负这个精彩的夏天。

"纸上得来终觉浅，绝知此事要躬行。"从此之后，于我而言，延安不再仅仅是一个纸面上的词汇。它变得鲜活、生动，与我的距离更接近，给我的触动更深刻。在延安进行实践活动的记忆，也永远成为我这个夏天不可或缺的一部分。它变成一个最好的收获，留在我们每一个参与者的心中。

舍己为人，树立服务精神

实践活动中，印象最深的一幕发生在凤凰山下，枣园沟口。一片濛濛细雨中，我撑着一把黑伞，和伙伴们一起肃穆地站在哀悼张思德的广场前，讲解员的声音夹杂着滋滋的电流声流入我们心中。雕像上方的"为人民服务"这五个大字赫然在目。

张思德其人，从不因自己是毛泽东的警卫员而倨傲自大，也不曾因去深山烧炭而黯然神伤。任何环境下，他都不变平实忠勇的心境，坚持默默奉献、勤勤恳恳。毛泽东欣赏张思德始终牢记为人民利益工作的使命，坚持一切为人民服务的宗旨，并在实践中一丝不苟地贯彻。从这个普通士兵的身上，伟大领袖看到了中国人骨子里的优秀品质，看到千千万万平凡人身上的意志和精神。在张思德的追悼会上，共同的追求和奋斗促使他把这一切凝铸成五个大字——"为人民服务"。

我敬佩张思德。

革命的成功，需要有人在枪林弹雨中无畏地冒死冲锋，需要有人用文字和呼喊与黑暗的社会抗争，同时，也需要有人在平凡的岗位上默默奉献。张思德就是这样一个无私的奉献者。他是一名普通的共产党员和战士，服从组织安排，参加长征、奔赴抗日战场、给毛泽东主席当警卫战士、主动参加生产小分队……直至在执行烧炭任务中不幸牺牲。他是快乐的，快乐于这种高度的使命感，快乐于为人民忘我的奉献。

小雨仍旧在下,像天地都在无声地纪念这位平凡的伟大战士。过去也好、现在也罢,是无数张思德一般的人的默默付出、坚持奉献,推动着社会的发展,推动着时代的前进。他的光辉事迹,令人景仰,也令人反思。在如今的浮躁社会中,我们是否被浮夸的表象与膨胀的物欲冲昏了头脑,忘记坚守这种为人民服务、无私奉献的精神?学习张思德这种平凡的伟大,应当是当代青年必须去做的事情。

自力更生,克服困难的场景

在南泥湾"大生产运动"体验活动中,我头一次真正体会到革命先辈们生活的艰苦。除草垦荒时,沉重的锄头磨红了手心;磨面粉的时候,磨盘的把手耗尽了我全身的力气;总是生不起来的火让人气馁;摘洗蔬菜又麻木了双手。仅仅是一天的体验,我便累得晚上回去一躺下就再也爬不起来。而革命先辈们却要每天都如此劳作,只有亲身体验过才知有多难。但劳作的过程也是快乐的,几个小伙伴在生产过程中一块唱歌,分享到劳动果实的时候,心中的满足感满到要溢出来。自己动手,丰衣足食,这是一种非常简单的满足,让人满心快乐。于是我便也体会到革命先辈在劳作中的快乐和满足,这当然又是一种非常深邃的心情。

最令我感悟深刻的是,革命先辈们并不是简单机械地重复劳作,也没有一味厌烦这样辛苦的生活,在艰难的生活中,他们寻找着点点美好和愉快,然后将这一切积极的因素放大,享受着这样的生活。女作家陈学昭在《延安访问记》中这样描述道:"延安的街上没有高跟皮鞋,没有花花绿绿的绸衣服,女子同男子一样,穿深蓝布的军衣,有的还打起了绑腿。曾到延安访问的美国人海伦斯诺回忆,在共产党人之中,你很难区分谁男谁女,只是妇女的头发稍长一些。这样的生活看似应当是单调的,但一些爱美的青年还是想办法来装扮自己。作家韦君宜这样回忆:"军人常常自己打草鞋,女同志就多半自己做凉鞋,用不同颜色的布条编成彩色带子,钉在旧鞋底上,就变成各种式样新巧的凉鞋。他们寻找着灰色之中的色彩,亲手点缀着本该沉闷的生活。"

延安的物质生活虽很艰苦,但精神生活却丰富多彩,当时延安有三十多支秧歌队,几乎每个机关都有自己的合唱团,每个周末都有晚会。《延安访问记》里有这样的描述:"逢到晚会,除非天下大雨或大雪之后,山路不好走,大礼堂总是挤满了人,从来不会有一个空座位。"

再贫瘠的土地,也会有花朵盛开;再阴暗的角落,都会有阳光漏进来。

国际视野,突破境遇的局限

参观西北革命局旧址的时候,我注意到延安当时已经开始使用收音机和发电机。这令我有些讶异,因为在我的印象中,延安是一个有些闭塞的地方。于是我去查找了资料,发现当时小小的延安竟拥有几十所学校,延安的知识分子甚至有一种非常国际化的视野和世界观。这些住在远离欧洲的偏远小城里的青年,每天都热衷讨论欧洲的战事。吸取西洋颂歌元素的音乐作品,也很受他们的欢迎。学生们都在传唱《保卫黄河》和《延安颂》,但《黄河大合唱》最受欢迎,那种磅礴的崇高感和对新文明的憧憬感,极大地鼓舞着延安的知识分子们。

有段时间延安还兴起了跳交谊舞,在延安采访的美国女记者史沫特莱是倡导者之一,但却遭到了一些干部夫人们的抵制。史沫特莱回忆道:"在延安的妇女中间,我赢得了败坏军风的恶名,人言可畏,群情侧目,以致有一回朱德邀我再教他跳一次舞时,我居然谢绝了他。他指责我怕事,说道,我同封建主义斗了半生,现在还不想罢休,我只好站起来，以民主的名义和他跳了一次。”这让我深受感触。我从前只关心山大的身边事，认为自己只是一个学生而已，不需要关注那么多离我遥远的人和事情。但是在这次的实践活动后，我明白，纵使地处一隅，也要心系天下。当代青年人应当具有国际化的视野和情怀，家事国事天下事，事事关心，应当对积极的新鲜事物保持好奇心，不固步自封、闭门造车，要紧跟时代潮流。

在当下各类思想交流碰撞的时代，树立正确的思想，接受正确的引导是十分必要的。此时，成仿吾英才班的设置就显得更为重要且及时。毕竟，和志同道合的同学一起接受思想的熏陶，被经验丰富的老师们指导，集体进行浸润式的学习实践活动的机会在当下十分难得。“知者行之始，行者知之成”，知识要在实践中接受检验，在担当作为中得到体现。成仿吾英才班帮助我们及时地在实践中牢固知识，将学习的知识和亲身的实践紧密地结合在一起，寻找我们在时代发展中所要承担的责任。

想要明亮地发光，想要去远方，想要给自己一场梦，关于延安，关于漫山遍野的嘹亮秦腔，关于生生不息的红色延安精神。“仿吾求知，‘青马’奋蹄”，于是我们高举手中炬火，于是我们走向理想的漫漫征途。

（文/宋文婷）

光荣的革命圣地

这里，有毛泽东主席指挥全国革命的豪情壮志；这里，有习近平总书记对“生存还是灭亡”问题的深刻思考；这里，有众多陕北群众坚持不懈的奋斗与牺牲。这里，就是中国革命的光荣圣地——延安。

延安，地处黄河中游，黄土高原的中南地区，自古是兵家必争之地，有“三秦锁钥，五路襟喉”之称。也是在这个军事重镇，党中央创造历史，领导中国革命走向了胜利。作为成仿吾英才班的一员，我有幸来到这里，亲身体验红色文化，传承延安精神，提升思想境界，培养家国情怀。

说起延安，就不能不提到延安对于中国共产党革命事业的重大意义。从1935年党中央落脚陕北到1948年走出陕北这十三年，是光辉的十三年，对中国革命的方方面面产生了深远影响，在政治和军事方面尤为如此。毛泽东主席在延安期间，成功地把马克思列宁主义的普遍真理同中国的具体实践相结合，系统地总结了中国革命的丰富经验，提出了统一战线、武装斗争和党的建设三大法宝，为取得抗日战争和解放战争的胜利奠定了基础。具体来讲，瓦窑堡会议讨论全国政治形势和党的策略路线、军事战略，制定抗日民族统一战线的新策略，确定了党的任务就是把红军的活动和全国的工人、农民、学生、小资产阶级、民族资产阶级的一切活动汇合起来，成为一个统一的民族革命路线；毛泽东主席高瞻远瞩，积极推动西安事变和平解决，促进了新形势下的国共合作和全国抗日战争的发动，为中国共产党领导的中国人民的革命力量开辟了发展壮大的前景；洛川会议讨论制定了动员全国军民开展民族解放战争、实现全面持久抗战的方针，进一步确定了党在抗日战争时期的任务及各项政策。会议中制定的《抗日救国十大纲领》全面地概括了中共在抗日战争时期的基本政治主张，给全国人民指明了取得抗日战争最后胜利的道路，同时也是我党历史上第一次提出建立廉洁政府的施政纲领，对于我党的廉洁政治有着重要意义。除此之外，中国共产党还在政权建设方面取得了极大进步：陕甘宁边区首先开展了民主政治建设，通过普遍、直接、平等、无记名的民主选举，建立起各级民主政权。

在局部执政中，调动了各方面的积极性，推动了边区民主政治建设的发展。毛泽东主席在他的《抗日根据地的政权问题》中如是说：“在抗日时期，我们所建立的政权的性质，是民族统一战线的。”在条件艰苦的陕北黄土高原，这种民主精神犹如源头活水，注入边区百姓的思想，为中国新民主主义革命提供了精神力量。总而言之，党中央正是在陕北、在“两个窑洞”里指挥、取得了全面抗战的胜利。陕北这片革命圣地，也为革命政权的建设和军事斗争做出了卓越贡献，星星之火，才得以在这里燃起燎原之势。

经济建设也是陕北根据地建设的一个重要方面。在抗日战争进入相持阶段后，由于日军的大规模“扫荡”、国民党的军事包围和经济封锁，加之自然灾害的侵袭，陕甘宁边区进入了极端困难时期。在这种背景下，陕甘宁边区的党政军民学积极响应党中央号召，开展了大生产运动，为渡过严重困难、支持敌后长期抗战奠定了物质基础。在参观杨家岭革命旧址的过程中，我看到了毛泽东主席种过的菜地，对他不搞特殊，即使工作再忙也要参加劳动生产的态度无比敬佩。在参观枣园革命旧址的过程中，我看到了毛泽东主席和毛岸英当年谈话时所用的石桌石凳，仿佛又听见毛泽东主席对儿子谆谆教诲，让他拜劳动模范为师，就这样把一个留学归来的“洋小伙”变成了“地地道道的农民”。在中国共产党军垦事业的发祥地——南泥湾，八路军359旅响应毛泽东主席“自己动手，丰衣足食”的号召，“一手握枪一手拿锄”，为保卫边区安全和推动边区经济建设做出了巨大贡献。总而言之，陕北地区的经济建设，有赖于党中央的正确指导以及边区军民不畏艰苦、锲而不舍的努力。新中国成立之后，有更多的知识青年响应毛泽东主席号召，积极投身乡村建设。在梁家河，我们来到了习近平总书记住过的窑洞，参观了他带领乡亲们挖的知青井。看了梁家河的发展现状，我不由地感叹，在党中央的领导下，一切困难都是可以克服的！自然灾害和贫穷都没有打垮梁家河，村民们现在的美好生活，要归功于党中央的关心与支持，但更是大家不懈努力的结果。陕北的经济建设，也在这个背景下蓬勃发展，走进了新时代。

在那光辉的十三年里，诸多文学大家和中外记者都曾寓居过延安。他们满怀着对共产主义的好奇与期待，来到延安，见证这里正在发生的种种变化，用惊奇、赞叹的语气记录下这些伟大的变革。时隔多年，当我们再次翻阅这些文献资料，仍然可以感觉到其中洋溢的激情和对共产主义美好生活的无限热忱：这里有茅盾，他的《白杨礼赞》将普通而不平凡，象征着北方人民和我们民族解放斗争中所不可缺的朴质、坚强以及力求上进精神的白杨与贵族化的楠木对比，在歌颂延安军民紧密团结、力求上进、坚定不屈的革命精神和斗争意志的同时，讽刺了国民政府对人民的歧视与无情压榨，激起了有志青年们投身革命的热情。这里有丁玲，作为第一个来到延安的女作家，她的作品贴近延安革命的实际，她用隽永苍劲、凝练和谐的笔触反映了从旧民主主义到新民主主义的历久变化，描绘了社会主义建设的宏伟蓝图，反映了中国人民在半个多世纪来不懈抗争、艰苦创业、振兴中华的伟大历史。这里有美国记者埃德加·斯诺，这位外国友人对中国革命充满信心，并运用平实、质朴的文字把一段波澜壮阔、激情燃烧的岁月鲜活地呈现在了他的著作《红星照耀中国》里。他驳斥了国民党对中国共产党的诋毁和侮辱，将中国共产党最真实的一面呈现在大众眼前，同时，也对革命寄予了高度期望："中国共产党的革命事业如一颗闪耀的红星照耀着中国的西北，且必将照耀全中国。"正如他所愿，中国革命走出了延安，取得了伟大的胜利。让我印象尤为深刻的是在东方红大剧院观看的红色主题秀。剧中的女主角本是上海的女学生，在看到日军暴行后毅然决然来到延安，投身爱国救亡运动，和当地妇女一起劳动，并向战士们传授文化知识，帮助战士们进步。她是当时千千万万有志青年的缩影，也是一代人的精神烙印。这种直观具象的表现形式让我们更加清晰地感受到了一代青年用青春对抗腐朽、用理想对抗沉沦、敢为天下先的冒险精神和创新精神。斯人已逝,信仰永存。虽然那个时代早已远去,但不朽的延安精神已然成为我们的信仰,不灭的星星之火依然澎湃着我们的胸膛。

来延安学习之前,我们或多或少都有这样的疑问:在如此艰苦的条件下,为什么有那么多知识分子义无反顾地投身延安?为什么能在如此“落后”的环境中创造出那么多震撼人心的佳作?现在,经过延安红色文化的熏陶,我们找到了答案:因为中国共产党是中国的精神脊梁,代表先进文化的前进方向,于是有了西安到延安路上熙熙攘攘的盛况;因为知识分子们对中国共产党的先进理念和共产主义理想有最直接、清晰的认知,所以他们才能思如泉涌,创造出蕴含着延安精神的佳作。

延安的革命历史文化,像一条闪光的金线,从那光辉的十三年绵延至今,须臾不曾断绝。延安,是党中央的落脚点和出发点,也是我对马克思主义信仰的落脚点和践行马克思主义的出发点。这次的学习经历,不仅让我感受到了延安厚重的革命历史,还让我更深切地领悟了延安精神。我们在参观学习和具体实践中把它们内化于心,让它们成为我们励志成才过程中最可宝贵的精神财富,为我们今后学习和实践马克思主义思想奠定了坚实的基础、铺就了宽阔的道路。可以说,这次对延安革命历史文化的体验,是一段难忘的经历,它将伴随我度过追寻马克思主义的漫长旅途。

(文/刘茂祺)

延河之上

我一直相信,每一条河流都曾见证过无数惊心动魄的故事,汀兰河畔,王朝的更替,种族的兴衰,都被那一湾清流静静地、温柔地注视着,人来人往,一直留下的,只有那条河,向后来人诉说曾经的苦难或者辉煌。

一条河的历史很长很长,长到让人在它面前卑微渺小到如一粒尘埃,谁能了解到它的生命中最重要的一段岁月,便不得不为此深感荣幸。

黄河浩浩,渭水滔滔,百年之前,小小的延河在它们面前,总是被忽略,被遗忘。小小支流,旁边立着一方边陲小城——延安,她没有咸阳宫厚重,没有长安城繁华,但是,就是这样一条小河、一个小城,却给了这片神州大地上的炎黄子孙两次新生。

华夏始祖皇帝的陵墓坐落在延安,古老的人们曾在这片土地上采集渔猎、耕种缫丝、繁衍生息,这片黄土地上孕育出了惊艳世界的中华文明,这里是中华民族的圣地。时至今日,寻根问祖的人们还是会不远万里来到这里祭拜追忆,缅怀先人。

历史走出了很远,这片土地孕育出来的后人走到了青藏高原的冰川上,走到了鱼盐富足的海边上。当许多人慢慢地将它遗忘的时候,它又一次在它的儿女最痛苦、最迷茫的时候走了出来,依旧是用母亲般博大慈爱的胸怀拥抱他们,为他们指引前进的方向,带领他们走向新的希望。

20世纪30年代的中华大地上，军阀混战，外寇入侵，人民生活在一片水深火热中，每一处都充满了饥饿、疾病和绝望。在第五次反围剿失败后，中国共产党领导的最有希望、最有生命力的这支队伍，不得不进行战略转移。可是天地之大，应该走到哪里去，去恢复生机、去重整力量、去组建他们新的家园？冥冥之中，仿佛一切都被注定了，孩子终究是要回到母亲的怀抱。在全国各地的革命根据地都被破坏的情况下，只有陕甘这一块留了下来，于是，到这里来就成了革命队伍必然的选择。

历经千辛万苦，跨越大半个中国，徒步两万五千里，这支队伍终于在1935年10月到达了延安吴起镇，走完了这条用无数战士鲜血铺就的回家的路。从此之后的十三年，延河用它生命中极短的一段历程，见证了后世子孙千千万万代的繁荣之路的起点。

到达吴起镇，党在领导开展了“切尾巴”战斗、劳山战役、榆林桥战役、纠正陕北错误肃反、瓦窑堡会议、东征西征之后，一点点将根在这里深深扎下，为接下来要走的每一步打好基础。终于，1936年的10月，三大主力红军胜利会师，我们党将力量的中心集中在了陕北这片高原上。

不久后西安事变的和平解决，让国民政府和我们党达成了一致对外的共识。中国共产党从来都是清醒的，无论阶级斗争如何尖锐，在民族存亡的关头，共同的敌人永远都是侵略者，安内必先攘外，民族大义是要放在首位的。西安事变之后，中共中央在1937年1月13日正式进驻延安，中国共产党在延安进行的一系列活动都对当时和现在的中国存在着深刻的影响。从此，中国未来的希望在此处生根发芽，茁壮生长。

人才教育方面，毛泽东主席曾说过：“最好最有效的方法是办学校，这是共产党的大事。”中共中央在延安创办了近30所各类干部学校，其中最著名的就有中国抗日军政大学、中共中央党校等。1938年党的六届六中全会以后，党中央在全党范围开展在职干部学习运动，从1942年起，陆续抽调千余名干部回延安，集中到中央党校参加整风学习。系统地培养和在职教育极大地提高了军民素质，使数万青年和广大干部迅速成长为中国革命的栋梁之材，从而为将来取得抗日战争和解放战争的最后胜利做好了充足的人才储备。

民主政治方面，在人民享有各种自由民主权利的基础上，实行"普遍、平等、直接、无记名"的选举、发扬党内民主、强化民主监督等措施，直接拉近了党和人民群众的距离。军民一家亲，不仅让更多的人团结在了一起，共同抵御外敌的入侵，同时也稳固了党的领导基础，为新中国成立后的民主政权建设奠定了雄厚的实践基础。

经济方面，自1940年下半年外援断绝后，陕甘宁边区财政经济愈来愈困难，中共中央政治局多次召开会议，研究解决边区财政经济问题的具体方法。通过组织变工互助、安置移民难民、动员妇女参加劳动、改造"二流子"、开展劳模运动和大生产运动，边区涌现出一批像南泥湾这样经济建设成绩显著的地区和自力更生的机构组织。在农业方面，由于贯彻了正确的农业生产政策，使得边区的耕地不断扩大，粮食的产量不断提高，部分地区的生产增速甚至达到了80%以上。在重点发展农业的同时，还积极发展了工业、手工业、运输业、畜牧业和商业。这一系列的举措，不仅提高了劳动生产率，增加了产品数量，提高了产品质量，节约了原材料，降低了成本，还使边区经济发展到了一个新阶段。

毛泽东思想在延安时期也得到了系统的发展。1938年10月，毛泽东主席提出的"马克思主义的中国化"是指导中国革命、建设、改革最重要的思想原则，历史证明这是正确的。新中国成立至今，我们依然在与时俱进地将马克思主义与中国实际相结合，走中国特色社会主义道路。延安时期，毛泽东的著书立说被收录到《毛泽东选集》的就有112篇。

从1936年到1940年,毛泽东撰写了多篇指导中国革命的理论文章,这些文章也成为毛泽东思想走向成熟的标志。

在延安参观学习所感受到的最令人震撼的还是延安精神。一个民族要想屹立于世界民族之林,就必须要有崇高且伟大的民族精神。泱泱华夏文明,历经千年而不衰,依靠的就是我们的民族精神。延安精神赋予了民族精神新的内涵,坚定正确的政治方向是延安精神的灵魂,解放思想、实事求是是延安精神的精髓,全心全意为人民服务是延安精神的核心,自力更生、艰苦奋斗是延安精神的突出特征。

延安精神是党的性质和宗旨的集中体现,是党的优良传统和作风的集中体现,还是中国共产党人崇高品德和伟大情怀的集中体现。生活在和平年代的我们感受不到战争的残酷,没有经历过衣不蔽体、食不果腹的艰苦岁月,所以我们总是纠结于一些鸡毛蒜皮的小事,也很少去思考有关国家民族和生死存亡的大事,经常忘记如今的岁月静好从何而来。如此看来,延安精神的传承就显得格外重要,居安思危,忆苦思甜,方能不忘初心、砥砺前行。

延安之行已经结束,脑中挥不去的是那条流淌千年的延河穿城而行的巨大身影。跨过悠悠岁月,战火硝烟的年代已经走远,但这条赋予中国革命新生的母亲河一如过去的数千年一样默默地守护着它的孩子们,守护着杨家岭的窑洞,守护着宝塔山上的石壁,守护着枣园里的青青小路……

(文/林悦轩)

延安精神铸魂新时代医者精神

追寻着革命先烈的足迹，不远千里，跨越多省，奔赴延安，为的是那红色革命的回忆在召唤，为的是那革命英雄们在呼唤。时光飞逝，穿越历史，与英雄们对话：在延安革命纪念馆，跟随讲解走进永放光芒的延安精神；从王家坪到枣园再到杨家岭，了解中共中央在延安时的艰难发展；在南泥湾，通过亲身劳作感受峥嵘岁月中八路军战士的自力更生、艰苦奋斗；在梁家河，追寻着习近平总书记昔日足迹，一窥那段知青岁月。

延安，红色革命圣地，孕育出了永存不朽的延安精神——坚持正确的政治方向，解放思想、实事求是的思想路线，全心全意为人民服务的根本宗旨，自力更生、艰苦奋斗的创业精神。值此伟大的新时代，为助力"健康中国 2030"规划纲要建设，助力两个一百年奋斗目标及中华民族伟大复兴中国梦的实现，用延安精神铸魂新时代医者精神，无疑是新时代对医学工作者的必然要求。

谈及延安精神，白求恩精神无疑是延安精神的精髓之一。白求恩先生可谓医学生的"老朋友"，其事迹令人感动、催人奋进。透过照片，穿越战火，仿佛能在那个伟大的年代感受到白求恩先生对病人的亲切关怀。能亲自前往延安，在白求恩先生生活、工作过的土地上聆听、学习他的伟大事迹，是医学工作者的无上光荣。他是毛泽东主席口中"一个高尚的人，一个纯粹的人，一个有道德的人，一个脱离了低级趣味的人，一个有益于人民的人"。在中国从事医疗事业的一年半中，他呕心沥血,曾在一周内为521位伤病员检查身体,在一个月内为157名伤病员实施手术,在敌人的炮火下镇定自若地做完71例手术。这种全心全意为人民服务的精神,使白求恩的名字成为传奇,使他在战士们心中树立起崇高的威望,成了战士们心中的"保护神"。这就是延安精神的外显,这就是医者精神的外显。还有无数像白求恩先生一样的医学工作者继承着、传递着延安精神。鲜血和汗水凝结成的短短几句话,是革命传统和先烈留给我们的宝物,我们青年一代必须躬行体会。

从古至今,社会对医学工作者一直有着很高的要求。明朝裴一中《言医序》中说:"学不贯古今,识不通天人,才不近仙,心不近佛者,宁耕田织布取衣食耳,断不可作医以误世! 医,故神圣之业,非后世读书未成,生计未就,择术而居之具也。是必慧有夙因,念有专习,穷致天人之理,精思竭虑于古今之书,而后可言医。"由"近仙者""天人之理"等即可看出,学医需博、专、精、细、研、仁。千百年的积淀,将医学工作者已存、应具、将习的优良品质凝成崇高的医者精神。医生,是一个手握千人性命、万个家庭幸福的职业,当不负众望、救死扶伤、全心全意为人民服务,其实这已不仅仅是一份职业,更是一份使命与担当。你选择了医生这个职业,医生也选择了你,医学工作者注定将尽己所能、博施济众。

现如今,新时代对于医者精神有了更高的要求,但社会上反而出现了部分医学工作者与医者精神背道而驰的情况:有的医生自私自利,为赚取提成不顾病人经济状况,推销高价低效药物;有的医生不思上进,惰于学习,用已落后甚至不当的方法去医治患者;有的医生冷漠无情、牢骚满腹,违背了患者至上的基本原则;还有某些利欲熏心医院领导,不仅不主动解决看病难的问题,反而搞起"黄牛挂号""饥饿营销",只为填满自己的腰包。试问:这些医生有谁还记得立志学医之时,庄严宣誓的希波克拉底誓言? 唐代名医孙思邈言:"人命至重……若有疾厄来求救者,不得问其贵贱贫富。长幼媸妍,怨亲善友,华夷愚智,普同一等。

皆如至亲之想。亦不得瞻前顾后,自虑吉凶。护借身命。见彼苦恼。若已有之,深心凄怆,勿避险恶,昼夜寒暑,饥渴疲劳,一心赴救……可谓苍生大医。"所以,欲成为苍生大医、新时代的好医生,用延安精神去铸魂新时代医者精神不失为一种可行的方式。

坚定正确的政治方向,是一名新时代中国医生首要的思想觉悟:坚持中国共产党的领导,热爱祖国与人民,不断向党靠拢,向优秀党员看齐。正所谓"思想对了头,一步一层楼",用马克思主义武装头脑,用毛泽东思想、邓小平理论、"三个代表"重要思想、科学发展观、习近平新时代中国特色社会主义思想指导行动,医学工作者必将拥有无尽动力源泉,去全心全意、尽职尽责履行医生的义务,为助力"健康中国 2030"规划纲要建设,助力两个一百年奋斗目标及中华民族伟大复兴中国梦的实现贡献自己的一份力量。

解放思想、实事求是,是新时代医学工作者努力践行的重要思想路线和行事原则。实践是检验真理的唯一标准,新时代的医生不能禁锢于现有医术,要解放思想、打破常规、勇于创新、积极探索、敢于实践,融合古今中外医学理论,创新医疗技术与方法。正如吴瑭所言"生民何辜,不死于病而死于医,是有医不若无医也,学医不精,不若不学医也",医学工作者应活到老,学到老,紧随时代步伐,始终保持优良的医技,始终怀有赤诚的初心。此外,工欲善其事,必先利其器,新时代医疗设备的发展亦至关重要,医学工作者们应实事求是,认识到差距,向高标准看齐,将中国医疗事业推向巅峰。

全心全意为人民服务,是作为医者在内的所有社会工作者的根本宗旨。"医,仁术也,仁人君子,必笃于情。笃于情,则视人犹己,问其所若,自无不到之处。"总结起来便是:医乃仁术,医者仁心。诚如贾东所言:"行医一时,鞠躬一生;不求闻达,但求利人。"全心全意为人民服务不仅是中国共产党人的根本宗旨,亦是医者的根本宗旨。"进则救世,退则救民；不能为良相，亦当为良医。”张仲景曾将医者与良相类比，同为为民服务者，医生在服务人民的同时其实也是成就自我、实现价值。正如医学生誓言所说：“健康所系，性命相托。当我步入神圣医学学府的时刻，谨庄严宣誓：‘我志愿献身医学，热爱祖国，忠于人民，恪守医德，尊师守纪，刻苦钻研，孜孜不倦，精益求精，全面发展。我决心竭尽全力除人类之病痛，助健康之完美，维护医术的圣洁和荣誉，救死扶伤，不辞艰辛，执着追求，为祖国医药卫生事业的发展和人类身心健康奋斗终生。’”如今我们的重要任务，就是全心全意解决当今“看病贵、看病难”的难题，推进基层医疗、全科医生发展，改革医疗体制。从人民利益出发，真真正正惠民利民，始终是医学工作者的奋斗目标。

自力更生、艰苦奋斗的创业精神也是医学工作者应该具有的宝贵精神。如今，为完成“健康中国 2030”规划纲要建设，实现两个一百年奋斗目标及中华民族伟大复兴的中国梦，涌现了一大批定向山区医生，他们穿梭在贫困地区，没有高精尖的技术设备，没有引领学术的高尚光环，有的只是对常见病、多发病日复一日地诊治。扎根山区，离不开自力更生、艰苦奋斗的创业精神，勤奋工作、奉献忠诚、严谨扎实，延安精神必将指引这些平凡的医生创造不平凡的功绩。

与历史交谈，与英雄对话，延安精神定能给予医学工作者品行、精神上的指引。作为一名未来的医学工作者，是“健康所系，生命相托”，定当像革命先辈那样，发扬延安精神，以人为本，全心全意为人民服务，将弘扬延安精神融入医德医风建设中，融入医院文化建设中，融入医院文明创建中，融入医生队伍建设中，融入医疗事业健康发展中，融入每个人点滴言行中，不断赋予延安精神新的时代内涵，为更好地服务患者、服务社会、促进医疗事业健康发展而努力奋斗。

延安的故事，是借鉴学习的榜样；延安的精神，是前行路上的指明灯。用延安精神铸魂新时代医者精神，就是要我们坚持正确的政治方向，解放思想，实事求是，全心全意为人民服务，自力更生，艰苦奋斗。在从医之途上，医道从德、术业求精、博施济众、广智求真，则必能大医精诚，兼济天下！

（文/白润泽　金煜翔）

第二话|英雄，正是这般模样

【编者按】 自新冠疫情爆发以来，在党中央的坚强领导下，全国上下勠力同心，全力以赴打好这场疫情阻击战。疫情就是命令，防控就是责任。中国凭借着强大的综合国力和社会主义制度集中力量办大事的制度优势，以“中国速度”取得了抗击新冠肺炎疫情“阻击战”的初步胜利。而在这背后是无数一线医护人员昼夜不息的辛勤付出。

英雄无悔，白衣执甲逆风行；闻令而动，千里驰援载誉归。打赢疫情防控阻击战，同时又是对广大青少年进行制度自信教育的重大实践。“广大青年生逢其时，也重任在肩。”我国已经进入中国特色社会主义新时代，这意味着青年群体也进入了成长发展和报效国家、民族的新时代。不论是进行特殊时期抗击疫情的“冲锋战斗”，还是实现正在稳步迈进的中华民族伟大复兴，青年一代都一定是先锋力量，也必将肩负重任。

同心抗疫颂英雄之姿，共克时艰愿河清海晏

六十干支一甲子，一逢庚子一涅槃。
2020 年岁首的春风，
湮没了鸦片战争的隆隆炮声，
散去了圆明园上空的滚滚浓烟，
洪水猛兽、艰难苦恨，阻挡不了我们开辟复兴之路。
八万里山河斗转，
这一次，在没有硝烟的战场上，
中华儿女以慷慨激昂之气魄，无畏生死，前赴后继。

万家灯火除夕夜，
他们是最美"逆行者"。
病毒无情，人间有爱。
他们，常思奋不顾身，而殉国家之急。
他们，不悲其身之死，而忧其国之衰。
耄耋之年，坚毅前行的国士担当，
推迟婚期，坚守岗位的美丽新娘，
心怀感恩，坚诚敬意的阳光少年，
一身戎装，坚不可摧的钢铁长城……
医者仁心、大爱无疆，
太多逆行者的脚步离开我们，匆匆而去，

太多志愿者的双手温暖我们，依依不舍。
他们的善举让中华儿女紧密相连，
他们的信仰让举国上下团结一致。

多难兴邦纵横行，
万千英雄守江城。
我们看到的
是母亲临行前转身拭去的眼角泪花，
是女护士剪去的飘逸长发，
是医生护目镜里的浓浓雾气，
是共产党员请战书上的鲜红手印 。
保家卫国的拳拳之心在神州大地上熠熠闪光，
捍卫生命的铮铮誓言在鲜红党旗下振聋发聩。
在武汉、在湖北、在每一个需要的地方，
他们把所有的光辉洒入祖国的山河。
你是天使，你用平凡而闪光的灵魂，力争祖国的黑夜换晴空，
你是战士，你用宝贵而年轻的生命，誓将江城的天堑变通途！
你是英雄，用牺牲抵住灾难，抒写新时代可歌可泣的历史，
英雄未逝，只是长眠！

任尔风云变幻，华夏山河依旧。
因为我们是坚贞不屈的中国人！
我们懂得，唱着英雄赞歌，起来！以生命诠释人民至上，
我们铭记，踏着英雄足迹，前进！以行动捍卫国泰民安。
我们坚信，
高举爱的大纛，万众一心，一定会赢得胜利！

我们共怀信仰,国家就有力量。
待到瘟神散去,九州儿女又将欢聚一堂,
拥抱新的春天,
经历浴火淬炼,祖国大地必将以更雄伟的姿态,
谱写新的篇章!

(文/臧一)

与你同"战疫"
——疫情中携手并肩的普通人写给前线医护

可爱可敬的白衣天使:

展信佳。

我们是疫情中的普通人,是"被他们之中最勇敢的人保护得很好"的中国人。在这里,我们想把肺腑之言述说给你,想把人民群众的感谢表达给你,把各行各业的风采展示给你:战疫期,我们始终与你站一起。

·俺是一个村支书,是千千万基层干部里,离老百姓最近的那个。这会儿在村口做出入登记呢,大伙儿都挺自觉,没人出来瞎逛,俺正好腾点儿空给大夫护士们写点儿啥。前一阵子忙着把回村的大学生和打工回来的排查了一个遍。俺们没你们那么专业,但俺们仔细着呢,后生们回来都在家里先隔离,发烧的就报给定点医院。小心没有过火的,新冠肺炎敢在乡亲们面前冒个芽芽,俺们就先掐了它,不能让它祸害俺村,万一传染开,净给你们添麻烦。等疫情结束了,村里想把文化长廊完善完善,你们都是抗疫英雄,都上墙!不说了,大张买菜回来了,俺量

他体温去。

·我是大张，是个食品加工厂的工人，村支书把信纸给我了。我们厂的酒精被国家征用了，一时半会儿不复工，老婆在制衣厂生产防护服，给你们做好后勤保障！老婆老担心我自己看不好小孩子……前两天是不大行，做的菜不是火候不够就是太烂，小孩子不爱吃，现在做得味道好多了，我还学会了做凉皮呐，一会儿我发个朋友圈。看着邻居们又做蛋糕又打球的，咱也不能落下，这就是咱中国人在疫情期间的乐观主义精神！医生护士们，咱们大都是同龄人，小孩儿都差不多大，作为父母、伴侣、子女，你们在前线肯定更挂念亲人们。别担心，家里有我们呢，国家需要你们，你们照顾好自己、照顾好病人，我们照顾好咱们的小家！

·我是村里的大学生志愿者小林，刚刚挨家挨户把防疫出入二维码送完，村主任就把信纸交到了我手里。从学校回家坐了很长时间的火车，隔离了几天后却发烧了，村里开车把我送到发热门诊，还好是普通的支原体肺炎，住院打了几天吊瓶就好了。等我出院后，我拜托曾医生帮我联系，就这样我成了我们村的防疫志愿者。在我住院的几天里，曾医生都没休过班。有一天晚上九点多，附近社区有从湖北打工回来的，他们党员先锋岗穿好防护服连夜就去排查了。我深受触动，所以也想做一些力所能及的事为你们分担。你们是战疫的中流砥柱，我们大学生就是新生力量，谢谢你们为我们筑起防线，我们没法为抗击疫情捐很多钱，但我们都生龙活虎的，能为抗击疫情尽一份力！

·我是小林的父亲，是被千万同胞云监工的雷神山工人中的一个。干了几十年，头一回和八千多工友们一块儿干活，太震撼了。给我印象最深的是我在屋里喊人临时帮忙，马上就有人过来，都是前几天已经收工的其他工种的兄弟们来义务干活。看着火神山都住上病号了，我们心里也急，加班加点地干，早投用一天，你们和病号就早一点进碉堡！

国家拨了5亿元，各种建材、家电、仪器设备短短几天就准备好，比比国外的临时医院，我想起了一句台词：纵观世界风云，风景这边独好！我们基建狂魔为你们白衣天使能做的不多，火神山、雷神山我们建好了，现在是你们施展本领的时候了！

不知不觉，大家都絮絮叨叨说了很多。白衣天使们，看到你们在机场相互加油，在方舱医院与患者一起跳广场舞，把自己的牛奶面包分给患者……我们知道，你们都是有血有肉的人，是平时谦虚地称自己为普通医生的平凡人，所以我们把疫情期间生活的点滴分享给你们，把感谢表达给你们：谢谢你们的保护，战疫期，我们也都在自己的岗位上，和你们站在一起！

祝身体健康！工作顺利！

疫情中与你共战斗的普通人

2020年3月

（文/吴佳昊）

抗疫自述：没有一个冬天不可逾越

2020年1月24日，除夕当天，万家灯火的时候，山东省卫健委发布了《关于组派医疗队援助湖北应对新型冠状病毒感染的肺炎疫情的通知》。山东大学齐鲁医院、山东大学第二医院积极响应号召，向全院职工发出支援武汉的倡议，第一时间组织起第一批医疗团队，分别派出了

5名和4名医护人员驰援武汉。随后第二批、第三批医疗团队也已集结待命。

逆着春运大潮，携着坚定无畏之心，逆行者的身影毅然点亮了山大人医务支援的道路。在这一特殊时期，新型冠状病毒肺炎疫情牵动着全国人民的心。无论是否能奔赴一线，山大人的心，都时刻系于抗疫一线、系于疫情发展。医疗援助人员、毕业校友、全体山大师生，疫情当前，都愿为萤火，汇入危难，照亮未来。

而我，也是志愿者大军中普通的一位。在这次疫情期间，我加入了社区的志愿者队伍，主要负责的是前期入户普及疫情信息收集，定期发放口罩、消毒水，疫情监测点的执勤以及后来的捐款统计工作。

在疫情面前，人性的所有光芒仿佛都在一瞬间凝聚，筑起一座高墙，坚不可摧，为保护里面的每一个人，全国各地抗击疫情的行动一刻也未曾停歇。在执勤的时候，我们按值班表24小时轮班值守，值班的人中甚至还有已经年过七旬的老党员。后来有一些阿姨中午会来监测点送饭，有时候一个中午会有好几份，吃都吃不完。我记得那是一个上午，我清晨6点就到了，一直值班到中午12点，天很冷，中午回家的时候手都被冻红了，真的很累很辛苦，但是想到就在同一时间，在武汉、在全国各地的医院，有很多人还穿着厚实的防护服，不顾被感染的风险，奋斗在防疫一线，没日没夜地坚守在自己的岗位上，就会觉得自己的辛苦根本不值一提。

越是一发千钧，存亡绝续之时，就越能研读人性的平凡与伟大。这是一个暗淡无光的春节，肺炎肆虐，人心惶惶。这更是一个热血高昂的春节，守望相助，众志成城。疫情肆虐，吾心亦灼灼，普通的我们在一线的背后给予人们小小的支援，聚沙成搭，集腋成裘，微小的努力汇集起来也是一股气势磅礴的力量。

正因为每一个抗疫人的努力，新增确诊数才降到个位数，在湖北外,才逐渐控制了疫情的扩散。我相信,只要我们团结一心、众志成城,就一定能够打赢这场疫情的阻击战,也一定能够克服疫情所带来的种种困难。所有阴霾之下都隐匿着柳暗花明曦光初现的希望,愿四海疫情渐终,疾患永散,愿所有人平安喜乐,新年安康。当一切尘埃落定时,我们一同游遍世间风景。

(文/殷菲　石林娜)

病毒日记

一道光,如利剑般划破了混沌、切开了记忆,让我结束了无休无止的沉睡。活动活动麻木的四肢,转动转动僵硬的眼珠,我渐渐反应过来——我,伟大的感冒病毒!在人类的细胞中苏醒了!

一时间,前所未有的力量充盈全身,我开始疯狂地繁殖,企图让我的子子孙孙散落到每一个细胞中。病毒大军翻涌着前进,我幻想着脚下这具躯体,被我带领的千军万马所攻陷的景象。喜悦和得意爬上面庞,我的嘴角疯狂上扬。我一定要记录下这个过程!

第一日

大军的初次进攻,让这个身体的主人——一个十九岁的小姑娘,如我所愿,开始出现感冒发热的一系列症状。

"哎呀,39℃,怎么烧得这么厉害。"小姑娘的母亲一边看着体温计,一边看着电视里的新闻，满脸忧愁。客厅电视中的央视新闻，正通报着全国各地新冠状病毒肺炎的新增确诊病例、新增疑似病例以及新增死亡病例。

新型冠状病毒？这是个什么病毒？听上去蛮厉害啊！没想到我沉睡了这么久，咱们病毒家族出了这么个人才！我支棱着耳朵认真听新闻，想要好好了解一下我那素未谋面的兄弟。

“此次新型冠状病毒传染性极强……以发热、乏力、干咳为主要临床表现……建议市民减少出行，居家隔离……如有相关症状，请及时到医院发热门诊就医……”

这些症状和感冒发烧挺像嘛，倒不如借我那兄弟的威风吓吓这小姑娘。一时，我计上心来，指挥着兵马赶赴鼻咽喉等处，大肆制造喷嚏和干咳。

“发烧、干咳，这些都和新冠肺炎的症状一样呀，这可怎么是好？”母亲看着裹着厚被子，一边干咳，一边虚弱地喊着冷的女儿，顿时慌了神。

“别着急，孩子又没接触过有武汉居住史的人，可能就是感冒发烧了。”小姑娘的父亲安慰道，“医院病人多，容易造成交叉感染，现在又是大晚上的，我们先别去医院，观察一晚，明早要是还不退烧，再去医院。”

一听这话，我不乐意了，敢情是瞧不起咱们感冒病毒了？我一声令下，让病毒大军集中火力。猛烈攻击下，小姑娘高烧不退，还不停打着寒颤。我得意洋洋听着前方传来的战报，心想，咱们感冒病毒可也不是吃素的！

这下，父母焦急了起来，不顾已深的夜色，带着女儿开车来到离家最近的中医院。

虽是深夜，医院的急诊也是灯火通明。前台处挂着“发热门诊”四个大字和一个醒目的红色箭头。值班的护士戴着口罩，正低头记录着什么。

“戴好口罩，先量体温。”一见有人进了急诊大门，护士首先递过温度计，然后接连询问道，“最近有去过武汉吗？有接触过武汉居住史的人吗？”随后，又让小姑娘的父母按照规定留下了联系方式、家庭住址等信息。

进入发热门诊，带着口罩的医生先是一番询问加检查，又让小姑娘做了血常规。“先吃药，再观察观察，现在也确定不了这是不是普通的发烧感冒。不过小姑娘也没接触过武汉人员，应该问题不大。”说着，她开了几盒药，叮嘱相关注意事项。

回到家，小姑娘吃完药沉沉地睡下了。而我的第二次进攻也要开始了。

第二日

第二次的进攻从夜晚持续到清晨。一晚上的拼死奋战让我们守住了37℃的体温线。退烧药虽让我方伤亡惨重，但是我绝不会轻易认输！

“还好，还好，没有昨天烧得那么厉害了。”父亲量完体温长舒一口气。

“可是还烧着呢！现在外面疫情这么严重，太让人担心了。”母亲打开电视，调到新闻频道。

“武汉雷神山、火神山已投入使用……各地援鄂医疗队已陆续抵达湖北……多省防疫进入一级响应……多地已实施封闭管理……”

“烧退了不少了，肯定只是普通的发热。”父亲宽慰着家人，“国家的防疫力度很强的，我们不用担心。在家好好隔离，别添乱才是最好的。”

天哪！十五天建了两个医院？现在有上千个医务人员在湖北忙着消灭新冠兄弟？我顿时胆寒，气焰矮了一截。不过我那兄弟应该能挺住，不然这一天天的，怎么还能有几百号的确诊病例？这样想着，我心宽了不少。那我也不能给咱们病毒家族丢脸，待我一番休整，再来大闹天宫！

我又开始了爆炸式的繁衍，准备养精蓄锐发起第三次进攻。

不出几个小时，我又拥有了一支铁骑。可是还未发起大规模的全面反击，那该死的退烧药再次血洗了我的兵马。我带领战士们将体温苦苦支撑在37℃以上。可是也仅仅是强撑罢了。38℃已经是我难以企及的高峰。分派出去的各支小分队被一点点吞噬，却也只是换回如此现状。我疲惫地叹了口气，此刻只能祝愿远方的新冠兄弟可以战胜强大的敌人，为病毒争光了。

第三日

一天一夜的战斗几乎耗尽了我的家底。现在的我再难以组织起一场像样的攻击。偶尔的小规模反击还能让体温有个片刻的反弹，但大部分时间我们已是败下阵来。

“太好了，不烧了！是不是也感觉好多了？”围着女儿的父母终于安心下来。

被打了个头破血流，我只好带着残余部队先隐匿起来，幻想着日后还能东山再起。也不知道新冠兄弟怎么样了，看着电视镜头中的各种医疗设备，还有全国各地的抗疫物资，着实让人害怕啊，他那里的战斗一定十分艰险吧。

“爸爸妈妈你们看，大家都在给武汉加油，给中国加油呢！”小姑娘拨弄着手机，查看着微博的热搜、知乎的热榜、B站的首页以及各类新闻的头条,铺天盖地都是各方的援助。

我的天哪!新冠兄弟都成公敌了?

太难了,这世道真的太难了!我们病毒只是出来混口饭吃,就被打压成这样,还让我们怎么活?

我疲惫地闭上了眼。前途一片黑暗。

第四日

也不知是丧失了斗志,还是这药效着实厉害,我似乎再也无法兴风作浪了。小姑娘的体温稳定在了37℃以下,而我像是渐渐冰冻了起来,难道是要再次回到无休止的沉睡?

第五日

有关疫情的动态在各大平台实时更新着,各种抗疫的新闻被媒体不断报道着,我越听越颓废。

这些人怎么会有这么强的意志和战斗力?那些年还没过完就加班加点加工口罩和防护服的工人们,怎么这么拼命地干活?那些小护士们怎么宁可满脸都是口罩压痕也要坚持工作?这个年纪的小姑娘不是最爱美吗?那些冒着生命危险也要接送医务人员上下班的快递小哥是疯了吗?他们就不怕我新冠兄弟一气之下迁怒于他们?还有那个最要命的科学家钟南山,一大把年纪了居然还坚持在一线抗疫?这是什么世道?太可怕了!!!

第六日

我的意识越来越模糊了，每天只有只言片语的新闻传入耳中。然而正是这些零碎消息直接摧毁了我的精神支柱，加速着我的衰亡。

……

第N天

也不知过了多久，听说武汉的方舱医院都休舱了，全国的新增确诊病例只有两位数了。

我知道我已经走到生命的尽头了。不知道新冠兄弟还能撑多久，我好想劝他一句，咱们还是认输吧，这些人斗不过，真斗不过。

后　记

过年期间我感冒发烧到39℃，在离家较近的中医院就医。虽然不是市人民医院，但是这里的医生护士都打起十二分精神，按照规定进行疫情的防范。所幸只是普通的感冒发热，吃了几天药就痊愈了。之后，我一直居家隔离，不曾出过小区，每日通过社交媒体，实时关注全国抗击新冠病毒的消息。虽然隔着手机屏幕、隔着万水千山，全国人民的抗疫决心依然深深触动了我；虽然不曾接触抗疫一线那些伟大的战士，我却仿佛与所有关注这场战“疫”的人们进行着“云连心”，为每一则来自前方的消息或忧或喜；虽然没有亲眼目睹那些用生命阻击病毒的事迹，我也知道父母作为政府工作人员从大年初三就一直加班，为后方的抗疫尽着自己的努力。

或许病毒的心理正如上述，从一开始的不可一世到最后的低头认输，这是每一个为武汉加油、给中国加油的人用信心和勇气挫败了病毒的傲气与锐气。

虽然现在疫情尚未结束，但是春天已经不远了，胜利的曙光在和中国人民挥手致意。病毒终将在阳光下化为乌有，胜利终将属于我们！

（文/丁琦欣）

每一个中国人都很勇敢

2020 年注定是不平凡的一年，一场没有撤退可言的战“疫”、一次关乎生与死的较量就这样在本该阖家团圆的时候悄然来临，但幸好，爱与团结总比病毒蔓延得更快。

我们永远不乏为众人抱薪者

前段时间，山东大学齐鲁医院和四川大学华西医院的医疗援助队在天河机场相遇，互喊“加油”、彼此打气的视频刷爆了我们的朋友圈。39 天后，“山川”再遇，高喊“江湖再见”的一幕让我们莫名感动。“寒冬已经过去，春天正在走来”，而这些人，守护了我们整整一个寒冬。

这些勇敢的人们深入疫情一线，自然有着最深切的点滴感悟。回忆与病毒抗争的过程，同伴的温暖与帮助给予他们最大的力量。据山东大学第二医院援鄂国家医疗队领队魏峰涛介绍，在援鄂医疗队初来乍到、即将接收大批病人之时,同济大学附属医院为他们提供了巨大的帮助,使得他们可以有条不紊地进行工作,顺利展开对病人的救治活动。援鄂医疗队带来的新的设备与新加入的医疗力量也为他们减轻了不少负担。

不仅如此,来自五湖四海的医疗队的医生们也时常进行交流,交换意见,整合各自的方案,从而加强自己的技术、提高自己的能力,使患者得到更好的治疗。当病区缺乏麻醉医生时,拥有麻醉医生的医疗队配合医院,组成麻醉小分队,服务于所有病区。

许多这样暖心的故事每天都会发生在前线的医院中,每一个逆行者永远不乏一起奔跑的人们,怀有赤子之心的人,永远都不会孤独。

我们皆可为众人抱薪

有人说:“中国总是被他们最勇敢的人保护得很好。”但其实,每一个中国人,都很勇敢。世界卫生组织成员布鲁斯·艾尔沃德(Bruce Alyward)高度称赞中国的抗疫举措,并公开表示“如果自己感染新冠肺炎,希望能够在中国治疗”。随着疫情防控工作的逐渐开展,疫情逐步得到控制,“中国方案”也再一次获得世界认可。

“中国方案”背后,是无数中国人的默默奉献,是全国人民的共同坚守。新年前夕口罩工厂复工加班,流水线中传递质朴关怀;除夕夜半医院工地上灯火通明,工人坚守战场同时也在守护万家灯火;互联网上,键盘敲击发布辟谣信息,稳固舆情安定后方……疫情面前,每个人都是防线。抗“疫”如你我,早已不自觉地成了英雄。

“积力之所举,则无不胜也;众智之所为,则无不成也。”这场抗疫战争,将党的正确领导、社会主义的制度优势、全国人民的齐心协力体现得淋漓尽致。心头澎湃着中华民族源远流长的家国情怀,浸润在新时代核心价值观的熏陶中,我们早已不自觉地将同胞安危、祖国富强系于一身。

我们相信,一如冰雪般凛冽的冬天最终会迎来春暖花开,"从零开始"的光谷病区,必将克服千难万险,直至胜利的号角吹响。同样,我们也满怀信心地期待着全世界抗疫胜利的那一天。

(文/尚文月)

暖春"战疫"

她从医院离开的时候,天上还没下雪。明天,她还得来医院做核酸检测,这是目前确定新冠肺炎的重要手段,虽然五次检测都是阴性,但是为了心安,她还是得在医生的建议下做咽拭子。父母佝偻的身影在医院空荡的暮色中显得一点也不突兀,仿佛是阴沉里的专属符号。她摇下后排车窗,用手机定格了那个瞬间,那是她第一次认认真真地看自己的父母。敲车门声把她拉回了现实。

"肺部纹理清晰,没一点问题,你快把我俩吓死了。"父亲多言,赶不及要把好消息告诉她。

"哦,那就好。"她倒显得很淡定,好像没事人一样。

今天也算是出来透口气了,在家里已经十几天了,人没事都要憋坏了。她望着窗外更为阴沉的暮色,暗自想着。回家路上,前排座椅上的两个人不断打着电话。

“妈,孩子没事,别操心了啊,给爸也说一声。”

“老张,谢谢你啊,孩子没事,谢谢谢谢。”

她懒得去听那些陈词滥调的关心,照例打开手机看新闻推送。每天都会新增一部分确诊病例,新增一部分疑似病例,没人知道这场“战役”什么时候结束,就像她看着窗外雾蒙蒙的天根本不知道明天到底是晴还是雨。在那天之前,她并不关心这些,所谓“事不关己,高高挂起”,大概就是说对于那些目前来看不会牵连到自己的事情,大可不去关心。可是,从医院出来后,她却变了个人似的,那些叠加翻倍的死亡病例从前在她眼里只是数字,现在却变成了真真实实逝去的生命。

到家时,天上开始下雪,雪色交织着月色谱奏出初春的寒冷和凄清。这让她想起来白天在医院发生的一切。患者井然有序地排队问诊,和蔼的医生透过厚重的护目镜流露出关切的神情,空气里弥散着消毒水的气味,空旷的停车场里只有寥寥几辆救护车,但这些凄清、寒冷的场景却让她觉得温暖。常言道,时代的微尘落在个人头顶就如同大山一般,个人无法撼动,但一个团结的国家却可以渡过难关。

不多时,厨房饭菜的香气已经弥散在房间。

“饭好啦,宝贝,快来吃饭。”

“来啦,我先去洗手。”

曾经,她自命不凡,以天之骄子自居,拒绝普通的生活,对周围的一切有一种强烈的抵触感,而此刻平凡、简单的生活却让她觉得无比幸福。平淡本身就是不凡,不凡在于无数人伟大的奉献和无数人默默无私的付出,这种付出不光是时间、健康,甚至还会是生命。她知道这种幸福不常有,也不常能感受到,于是鼓起勇气,翻开信纸,动笔写下:

“‘人间四月芳菲尽’,四月还未到,芳菲也还尚存。可是以后的以后，当这一段记忆再次被重启，'山寺桃花始盛开'，人们才会发现当日在心底留下的芳菲永不消逝。"

窗外的雪开始大片落下，昏黄的灯光里，雪片飞舞，如落英缤纷，似蝴蝶翩然。雪愈激烈，春来时会愈暖。

这一夜，她睡得格外香，仿佛梦见了往日繁华的街道上，更多了些幸福的笑脸。

（文/李雪瑞）

第三话|记忆，真的把时间留住了

作为山东大学校级特色人才培养试点班，“成仿吾英才班”自2017年成立以来一直以培养兼具马克思主义理论素质和领导才能的特色人才为目标，以理论教学、实践教学和个性化教学相结合为方式，通过研讨马克思主义理论前沿问题、党的建设重要问题、马克思主义经典著作和中国化马克思主义经典篇目，不断引导学员成为有理想、有本领、有担当的青年马克思主义者。

风物长宜放眼量，向前走，莫回头，总有记忆会把时间留住。如今，成仿吾英才班已经走过了三个年头，顺利结业的一期又一期的学员作为广大团员青年中思想引领和理论学习的先进典范，都将带着成仿吾英才班的印记继续前行，将已被培养起来的坚定理想信念和优良政治素养内化于心、外化于行，不断书写成仿吾英才班的温暖与辉煌，为实现中华民族伟大复兴贡献属于山大青年的时代力量。

记遵义之行

2018 年 8 月 24 日　星期五　晴

这个下午，天闷热得让人透不过气来，身在泉城的我不禁开始想念遵义的清凉和绵延的青山。

一周之前，我们一行三十多人跨越山河万里，从祖国的东部沿海来到西南边陲的贵州遵义，重走红军长征之路。

这一周的行程，安排得紧凑，但不紧张。从参观遵义会议会址到瞻仰烈士陵园，从重温娄山关大捷到学习了解苟坝会议和四渡赤水，遵义的红色文化在我们的面前徐徐展开。时间转瞬即逝，大家虽奔波忙碌，却是收获很多，感动很多。这是一段让人想起时会获得力量的难忘经历。

其中让我最为惊叹的是由当地人自导自演的《娄山关大捷》，舞台就着真实的山坡搭建，树木是真，村庄是真，连炮火似乎也是真的。我们坐在不远处的观众席下，却仿佛置身其中，感受着当时战斗的艰难激烈和来之不易的胜利喜悦。等看到四五名将士冒着枪林弹雨冲入敌阵，炸碉堡不成而接连牺牲时，我也跟着揪起了一颗心。第一次如此真切地认识到，每一场胜利都来之不易，都是无数年轻将士用自己的生命换来的。他们不留姓名，却用鲜血守卫了一片土地。最终，当敌军狼狈逃窜，红军大胜，军民欢歌起舞，大家拥上台去一同分享这胜利的喜悦时，我才恍然发现，自己已是泪流满面。

参观学习之余，我们就三五个人同行，漫步在古色古香的街道上，感受红色之城的风土民情和自然风光。听当地人说，在政府的扶持下，当地的红色旅游产业发展得很快，每年来这里学习感受红色文化的团队数不胜数。前来学习的人们不仅从这里汲取力量，也为这里的红色文化带来新的活力，推动遵义的发展。遵义人在当地历史风貌的基础上对街边建筑进行了修整，街道干净整洁，建筑大方齐整又不失风韵与特色，古朴的外观与现代生活设施完美结合。无论走到哪里，抬眼望去便是青山，这里的人们依山傍水而居，但是山高林密也挡不住人们生活的热情。其中，茅台渡口给我留下的印象最为深刻，登上数百级台阶站在红军四渡赤水纪念塔下向对面望去，赤水河滚滚而来，河岸边的山坡上房屋鳞次栉比，层叠而上，错落间营造出磅礴的美，似乎在宣示着对这片土地的守护。

一周太短，来不及看尽遵义的山水如画；一周很长，“小青马”们在朝夕相处间结下了深厚的友谊。遵义是红军革命的转折之城，也是仿吾班“青马”之旅的开篇，“小青马”们一直在路上，让我们一起期待未来！

（文/ 刘天月）

“青马”奋蹄勇直前，仿吾英才书新篇

2018 年 10 月 30 日　星期二　晴

清晨六点钟，知新楼还静静地矗立在爽朗的秋天里，我便醒来了。今年是马克思诞辰 200 周年，我也有幸在这一年成了山东大学成仿吾

英才班二期的一名"小青马"。三天前我们在成仿吾英才班开班仪式上从马院马晓琳书记手中接过了《共产党宣言》,而今天,我们就要相约在一起对这本马克思主义原典研读,感悟马克思主义原理。

几个月前,我报名参加了学校组织的成仿吾英才班选拔考核。通过笔试、面试等层层选拔,我成功地从来自六个校区的120余名同学中脱颖而出,成了一名"小青马"。看到青春山大网站上的录取名单的时候,我难以掩饰激动的心情,即将到来的开班仪式更是让我彻夜难眠。

27日上午,我精神满满地跳下了床,穿上一身帅气西装,整理好书包,准备迎接那值得被铭记的一天。8:20左右,我便来到开班仪式的举行地点——明德楼一楼的工会厅。走进大门,我才发现几个数日未见的好朋友、老同学早就过来了。到场的人越来越多,会场也逐渐充满了热闹的气氛。整齐排列的桌椅、印着回忆的明信片、成果满满的"青马"集,会场上的每一处,都激起了我心中强烈的归属感和使命感。更幸运的是,我还被选为了代表,将与其他五名同学在开班仪式上领取二期学员录取通知书。

时针指到了九时,校党委副书记仝兴华老师和校团委书记张熙老师在同学们热烈的掌声中走入会场就座。张熙老师主持了开班仪式,并对我们寄予了殷切期望。在仪式上,李好男学长代表一期的全体同学总结了过去一年的收获和成果;马田同学则代表二期的新同学们对新的一年提出了展望,表明了我们勇于继承过往、开创未来的决心和毅力。作为成仿吾英才班历史的亲历者和开创者,我在他们的讲话中体会到了肩上重重的使命和责任。不过我坚信,我们能够扛起成仿吾英才班的大旗,昂首阔步地走向更加美好的未来!

仪式上,仝兴华老师为我们讲述了他心目中"大学"的真正内涵,即大氛围、大环境、大仁大爱。他谈到,大学里的"大师"是必不可少的,而"大学生"则更为值得重视。一所大学,有大楼大树的典范、大仁大爱的文化,才称得上是一流的大学。这番话让我如沐春风,那不仅是一场有深度的讲话,更是一堂生动的开学第一课;不仅使我对大学的认识上升到了一个新的高度,也让我更加清楚,为了将山大建成世界一流大学,我们能够做些什么,贡献什么。

那些美好的时光总是让人倍感珍惜,开班仪式上的一片片欢声笑语、一张张珍贵合影都将永存在我的记忆里。我和身边的同学们心中都有着同一个理想。那就是:成仿吾英才班的历史将由我们继续书写,成仿吾英才班的辉煌将由吾辈一起开创!

且看,“青马仿吾勇往前,奋蹄直欲谱新篇”!

(文/寻天琦)

潜心问道,躬身践行

2019 年 3 月 14 日　星期四　晴

这几天的山大,春风和煦、诗意盎然,到处弥漫的都是生命的活力。今天当然也不例外。下午,我与仿吾班的同学们共同参加了马克思主义学院举办的青年学者论坛。三十名同窗齐聚一堂,攀谈间提及了一些对班级未来的设想,这不禁让我想起了昨天参加马克思主义学院调研座谈会的经历,校党委书记郭新立当时也莅临现场,做了指导发言。

座谈会以马克思主义学院领导班子的工作汇报作为开始,几名教师代表和学生代表也在会上分别发言。我有幸代表成仿吾英才班二期的全体学员前往参加,并借此机会,向郭书记汇报了我们半年以来的收获和成长，传达我们每一位同学对于学校培养的感激之情，以及同学们期待班级建设更加完善的心声。

为了此次发言，我们二期学员专门召开了一次座谈会，而我所做的就是博采众言，将大家的意见整理成了讲稿。记得当时我写着稿子，突然回想起自己跟仿吾班从相逢、相识到相知，这一路走来的点点滴滴。大一下学期的我们，来自不同校区、不同专业，经过了层层考核走到了一起。思想的不断碰撞，为我们打开了新世界的大门。暑期，我们一道前往遵义，重走红军的革命之路，身临遵义会议召开的旧址；娄山关大捷、四渡赤水河，以及红军长征路上的其他丰功伟绩，给我们带来一次次感动与震撼。同学们在朝夕相处中结下了深厚的友谊，我们对彼此多了一分了解，我们对山大的认识也更加全面。新学期的马克思主义经典读书会、青年学者论坛等，更使我愈发感觉到马克思主义的思辨性和趣味性，仿佛它正鲜活地存在于我们身边的每个角落。

我们成长在美好的新时代，受益于仿吾班，更要努力建设好仿吾班。所以，我把经过每一位同学认真讨论、反复推敲的意见和建议一一讲给了郭书记。对于各项提议，郭书记也都做出了详尽可行的答复，并鼓励我们要将潜心问道和躬身实践相结合。

座谈会在一片热烈的气氛中结束了。郭书记严谨认真的态度和对师生、学校真诚的关怀让在座的我们心感温暖，更使我们格外真切地感受到了山大人只争朝夕、建成世界一流大学的决心。作为一名仿吾班二期的学生，我也迫切期望能够通过自身的学习，不负母校的培养，为母校的建设贡献一份力量！

（文/刘天月）

我找到了“延安精神”

2019年8月24日　星期六　雨

参加了“中共延安十三年”的讲座后，我就一直想为“延安精神”下一个自己的定义。而随着我对延安了解的深入，这个问题的答案逐渐有了雏形。

这是“成仿吾英才班”赴延安进行社会实践的第三天。雨一天落个不停，空气湿冷，大家却并未因此停下脚步。我们在宝塔山、东方红剧院、枣园革命旧址、杨家岭革命旧址都留下了足迹。而“延安精神”的内涵，也在我们探索之中逐渐饱满生动起来。

第一站是“巍巍宝塔山”，海拔一千余米的宝塔山并不算高，却让我这成长于温室中的“假八路”喘起粗气来。登上宝塔山顶，延安风情尽收眼底。延安的美是豪情恣意的，滚滚延河水诉说着绵延千年的革命故事，九层宝塔见证了延安的变迁。塔旁有铁钟一口，曾于抗日战争时期被党中央作警报之用。七十余年前的中国共产党，就是在这片蛮荒的山地扎根立业，依据中国国情开辟了宏伟的革命事业。这种“延安精神”，是解放思想、实事求是的精神。

第二站是东方红大剧院，我们在这里观看了舞台剧《延安，延安》。最触动我的是舞台剧对延安生活的描写。其中有人民的生产生活，有留恋人间的依依惜别，有目睹战友战死时的悲愤，但最后，这些“小我”的感情都化为对国家、对人民的责任感和使命感。战士们并非冰冷的机器，他们也有常人的情感，但在“家国之大”与“个体之小”间，他们义无反顾地选择了前者,选择了为人民抛头颅、洒热血。这种"延安精神",是全心全意为人民服务的精神。

而后,我们又在枣园革命旧址、杨家岭革命旧址参观了毛泽东、彭德怀等革命家的故居。每处旧居都很简陋,除了一床、一桌之外,别无他物。这种"延安精神",是自力更生、艰苦奋斗的精神。

当然,"延安精神"的内涵远不止如此。我想,"延安精神"的定义里也许还应该添加上"青年人的使命感和责任感"。年轻的我们的肩头承载着先烈的厚望,山大学子应该不忘初心、牢记使命,为学校、为社会、为中国辛勤耕耘。

(文/ 徐馨蓉)

花篮的花儿香,听我来唱一唱

2019 年 8 月 26 日　星期一　阴

为了更好地体会延安精神中的"自力更生,艰苦奋斗",我们——仿吾班的"小青马"们早早地起了床,简单用过早餐后,就踏上了去南泥湾的征途。

在大巴车上,我们在老师的带领下开始了歌曲《南泥湾》的比拼。我们兴致高昂,对这首歌也有着不同的理解。有的同学用甜甜的女声唱出了南泥湾的美好风光,仿佛让我们领略了一片田园美景;有的同学用高亢的男声唱出了自己心中的满满热血,似乎带我们踏上了用生命保卫祖国和信仰的英雄们生活过的土地。

到达南泥湾后，我们按照事先分好的小分队做了分工。在进行了除草的热身之后，我们分头从事不同的农活：炊事、采摘和磨面。我们分队选择了磨面。一开始，我只是看着男生们做，他们把磨转得很快，让我觉得这个任务十分轻松。但是在自己真正上手之后，我才发现碾磨真的很累。我使出了吃奶的力气，磨却转得很慢很慢，即使是大家轮流交替工作，最后碾出的面也比我们平时吃的面粗好多，根本不能直接拿来食用。联想到八路军当年跟人民群众打成一片，连毛主席也自己种田并且做各种农活，我对他们更多了一份崇敬之心。

在基地用过午餐后，我领取了老师给的“模拟枪”，还有同学领取了担架，我们在教官的带领下一同上了山。在山上，我们模拟了战争时期的状态。突然远处枪声响起，我们连忙在草地上卧倒，任凭地上的杂草和泥巴沾满全身，仿佛真的回到了战争时期。在穿越森林项目中，我们随着团队的速度调整行军步伐。除此以外，教官还让我们进行了伤员的急救演练，让我们切实体会到了行军途中可能发生的种种状况。而行军，真是十分辛苦。没过多久，我的腿就像灌了铅一样沉。还有同学开玩笑地说“如果自己活在那个战争年代，一定会死在路上”。着实，我在下山途中也感到浑身酸痛，肩上的挎包和枪愈发沉重，脑子里甚至冒出放弃的念头。这就让我更加敬佩当年在长征路上的红军，他们在两万五千里的长征途中，需要面对的不仅仅是险峻崎岖的路途，更有途中的暴风雪和枪林弹雨。

“花篮的花儿香，听我来唱一唱……”南泥湾精神就像这歌声一样永流传。

（文/王续卓）

在这里,我迈出了人生第一步

2019年8月27日　星期二　阴转小雨

"毛主席教导我们说:知识青年要到农村去……"

车载音响播放着李春波老师的歌《呼儿嘿呦》,歌声飘飘荡荡。没错,成仿吾英才班三期的"小青马"们此行的目的地正是梁家河村。这个坐落于陕北黄土高原之上的普普通通的小山村,正是习近平总书记当年上山下乡插队生活了七个年头的地方。今天,我们要一起前往探索习总书记在梁家河村的光辉岁月,感知流光溢彩的延安精神。

抵达梁家河村时已是中午,我们在吃过充满农家气息的可口饭菜后,就踏上了习近平总书记曾走过的乡村道路。在工作人员的细心讲解下,我们了解到了习总书记在梁家河村的主要生活经历,参观了习近平总书记的旧居。通过仔细阅读一段段历史资料,认真观看一张张黑白照片,我们切身体会到了习总书记往日的生活韵律,也品味到了习总书记吃苦耐劳、艰苦朴素的高尚精神。2015年,习近平总书记又一次回到了这个养育过他七年的小村庄,他说:"当年乡亲们教我生活、教我干活。我那时还是个十五六岁的孩子,什么都不会,后来擀面条、蒸团子、腌酸菜,样样都学会了。我人生第一步所学到的,都是在梁家河获得的。不要小看梁家河,这里是有大学问的地方。"由此可见,习总书记在梁家河村的生活经历在他的成长历程中产生了重要作用。他在《我是黄土地的儿子》一文中写道:"我的成长进步起始于陕北。最大的收获一是懂得了什么叫实际;二是培养了我的自信心。"

梁家河村，这个朴实美丽的小村庄，处处体现着充满红色魅力的延安精神。所谓延安精神，就是坚定正确的政治方向，坚持解放思想、实事求是的思想路线，维护全心全意为人民服务的根本宗旨，树立自力更生、艰苦奋斗的创业精神。习总书记说："伟大的延安精神是党的性质和宗旨的集中体现，是党的优良传统和作风的集中体现。"作为新时代的青年人，我们更应该重走习近平总书记所走过的光辉道路，体味艰苦朴素的乡村生活，沐浴在温暖的延安精神之中。作为成仿吾英才班的一员，我感触颇深。我们作为国家的栋梁，应该不忘初心、牢记使命，努力在各个方面完善自己，做到德、智、体、美、劳全面发展。我们成仿吾英才班的同学们应该将延安精神传递给山东大学的莘莘学子，让我们山大人能够更加坚定自己的理想信念，建设母校、回馈社会、报效国家，做一个有用之材。

"咬定青山不放松，立根原在破岩中。千磨万击还坚劲，任尔东西南北风。"前路宽广漫长，未来光明可期。让我们胸怀高尚理想，一起携手共进，建设更加富强美丽的祖国。

（文/王皓宇）

做仿吾人，走奋进路

2019 年 10 月 1 日　星期二　晴

上午 7 时，庄严的五星红旗在山东大学大成广场升起。国庆日的旗帜下，有我们成仿吾英才班三期全体学员的身影。透蓝的天空中洒下均匀的日光，铺陈在国旗上、树梢间，也洒落在我们每个人的心中。

早晨5点，我便起床着班服、带团徽，怀着忐忑而激动的心情赶往文理图书馆门口。路上我遇到了部分从兴隆山校区赶来的学员，我们不由得相视一笑，"莫道君行早，更有早行人"。等我们到达现场时，才发现音响调试人员、保安人员以及部分同学早已先来一步，所有人都在为这一隆重的活动做最充分的准备。今天要举行的是"我与祖国共奋进——国旗下的演讲"特别主题团日活动，活动由山东大学团委书记张熙主持。成仿吾英才班作为山东大学青年马克思主义教育特色班，此次共派出十人参加，而我幸运地成为其中一员。

在各单位青年代表用自己的爱岗敬业事迹向祖国献礼后，国旗护卫队迈着整齐划一的步伐走向升旗台。不一会儿，鲜艳的五星红旗便徐徐升起、迎风招展，嘹亮的国歌声响彻云霄，在宁静的校园里回荡。随后，成仿吾英才班代表王续卓同学以及造血干细胞的捐献者宋丹同学作为团员代表在国旗下发言。她们的发言让我感受到了一名优秀大学生应有的精神风貌。热血在我的胸膛中激荡，心头燃起了勇担国家大任、为民族谋福祉的熊熊烈火。之后，校党委副书记仝兴华作了寄语发言，他嘱托我们青年团员要以扎实的本领和坚毅的品质为国家做贡献。接着，公共卫生学院白硕鑫学姐带领我们重温了入团誓言，使我们牢记当初入团的初心。最后我们高唱《歌唱祖国》，为新中国七十华诞献上我们最真挚的祝福。

活动结束后，我的心情久久难以平静。在之后的学习中，我们成仿吾英才班的同学将继续秉承爱国热情，练就过硬本领，做无愧于时代的"小青马"。

再次祝福祖国母亲生日快乐！祝愿盛世永安！

（文/杨婷丹）

仿吾班欢迎你

2019 年 10 月 24 日　星期四　小雨

今天，是成仿吾英才班三期开班的日子。

当我从团委书记张熙老师手中接过录取通知书时，他对我说道："文月同学，欢迎你。"这句话顿时在我心中激起了层层涟漪。

从 6 月份怀着忐忑之心走入面试的房间，到暑假与小伙伴们一起前往延安，踏上那片红色的土地，再到今日的开班仪式，在短短的几个月的时间内，我觉得自己收获了许多，成长了许多。在延安，红色精神创造着动人的奇迹，黄色土地孕育着朴素的情怀，我们在亲身体验中成长，在思考感悟中追求真知。凤凰山下，我们伫立聆听，学习到了"全心全意为人民服务"的张思德精神；南泥湾中，我们自己动手，体会到了"自力更生、艰苦奋斗"的南泥湾精神；梁家河里，我们走访参观，感受了习近平总书记的历练与成长。通过这短短几天的学习，我们大家对于革命先辈一路传承下来的延安精神有了更加深刻的理解，同时也感悟到了延安在历史发展中的沧桑巨变，而我也开始对马克思主义中国化的理论与实践有了更近距离的感知。

"马克思主义"究竟是什么？为什么马克思主义能够在中国落地生根？这些疑惑困扰我许久。山东大学党委副书记仝兴华在开班第一课上做了全面的阐述，使我有了更进一步的理解。在接下来的一年甚至更长的时间里，在老师和同学们的帮助下，我想我会找到更为明确的答案。随后，二期的学长学姐向我们分享了一年来总结的经验，并希望大家能够不忘"青马人"的初心和使命。

"总要做一点事情让大家记住、让自己难忘吧。"我想。在未来的日子里,我一定要认真学习领会马克思主义理论思想精髓,用习近平新时代中国特色社会主义思想武装自己,不忘初心,不忘"仿吾求知,'青马'奋蹄",不忘作为一个山大人、中文人以及"小青马"的担当,努力担负起时代赋予我们青年人的社会责任与历史使命。

(文/尚文月)

定有樱花迎烂漫,中华永安

2020 年 3 月 7 日　星期六　晴

2020 年的开头着实有些特殊。新冠肺炎疫情暴发之初,我每天醒来的第一件事,就是先看疫情的最新进展情况,也感到过无力,但感到更多的是信心与希望。习近平总书记说,我们要"万众一心,众志成城,为全面打赢新冠疫情阻击战贡献着自己力量"。昨天下午两点,为响应习总书记的号召,我们成仿吾英才班召开了"愿春来疫去,看'青马'奋蹄"线上班会。说实在的,我很喜欢这个名字,因为在我看来"春来疫去"是目前最美好的愿景。

在班会第一部分"'青马'谈疫"的发言中,我看到了主动加入社区防疫志愿者的殷菲同学身为预备党员和"小青马"的责任感和感召力——"我们是排表 24 小时轮班值守,搭了一个棚子……后来有一些阿姨中午会来监测点送饭,而且越来越多,有的时候一个中午会有好几份，吃都吃不完。”这或许就是她在奉献自己的时候收到的最珍贵的回报。我看到了听闻武汉亲人所在医院物资短缺后立马与朋友组织募捐的徐馨蓉同学的使命感和执行力——“虽然与其他大的组织相比，我们只募捐到 5000 元，采购了 120 个护目镜，我们的帮助可能只像一滴水那样细微，但是我很自豪自己能为这次疫情做出过贡献。”这或许是她人生中一次虽然“微小”但终生难忘的经历。我还看到了利用自身专业知识积极参与山大广告研究中心公益传播活动的杨婷丹，“定有樱花迎烂漫，中华永安”是她对疫情最美好的祝愿……

但其实不只我提到的这几位，其他的“小青马”们也都没有“无动于衷”。在交流环节，我们仿吾班发挥了特有的“文理工医多专业”优势，大家都从自己专业的角度和自己身边的事情出发尽情讨论、分享着自己的所观所感。虽然只能通过摄像头和麦克风进行交流，但是这并不影响我们交流的“真切感”。通过大家的分享，我了解到，原来大家都在自己所在的小小世界里大大地努力着，这着实让我倍感振奋。

这次班会最令我感动的还是校党委书记郭新立的讲话。在得知我们班臧一同学当天生日后，他非常真挚地向臧一同学表达了生日快乐的祝福。虽然隔着蓝色的口罩和电脑屏幕，郭书记和蔼温暖的眼神仍旧穿越这一切到达臧一同学以及所有其他“小青马”的心里，叫我们莫名感动。郭书记对我们“小青马”们的表现表达了肯定和赞赏，同时也给我们讲了一些关于山大抗疫的故事。我们了解到齐鲁医院和山大二院的援鄂医疗队均在号召下达后一小时内便组成团队，了解到其中刚新婚不久的男护士“小宋”毅然决然冲向一线……而学校也在尽最大努力免除前线医护人员的后顾之忧，替他们照顾着家人，这都无不彰显了我们山大的担当精神、奉献精神和牺牲精神。此外，郭老师还给我们讲了学校在应对疫情方面的种种努力，包括“保护好每一位山大教师、医务员工和每一位学生”的目标，做好学校的疫情防控工作部署；学校在落实停课不停学的政策过程中，通过哪些政策让每一位学子的学习生活都能正常进行，对线上教学质量又是如何"抓"的，以及学校在保障日后安全开学方面的种种细致入微的预案……种种举措都让我倍感温暖。在这样一场疫情期间，山大一直都在支援着前线、惦念着我们。

也正如郭书记最后对我们期望的那样，即便在家，我们也要保护好自己和家人，也要好好学习不能松懈，因为青年一代有理想、有担当，国家才有希望。我们作为新时代的"小青马"，在这个特殊时期更应该尽自己所能发挥自己的力量，与祖国一起"共克时艰"。

唯愿春来疫去，且看"青马"奋蹄！

（文/牛凝）

第三目　仿吾求知

成仿吾英才班一直致力于引领广大青年团员成长、推动校园文化传承与发展并充分发挥榜样力量，带动辐射周边的广大青年。仿吾班学员们通过校内外各个平台，充分利用推文、短视频等新兴网络手段，进行宣传，他们用青年人所喜欢的方式、通过青年人所喜欢的渠道宣传马克思主义相关知识；通过“我有好书赠朝阳”等活动进行志愿服务活动，影响更多的青少年。近日，山东大学成仿吾英才班团支部被共青团中央授予“全国五四红旗团支部(团总支)”称号。

第一话 | 全国高校活力团支部：青春不留白

为贯彻落实《高校共青团改革实施方案》有关精神，深入实施高校基层团支部“活力提升”工程，团中央学校部于 2017 年秋季学期开展高校“活力团支部”创建遴选活动。活动面向全国各高校（含高职院校、民办高校、独立学院）的学生团支部（总支），包括班级、社团、活动项目、实验室、宿舍等各类学生团支部（总支）。经过校内创建、省级遴选、网络投票、专家评审和公示等环节，“成仿吾英才班”团支部脱颖而出，成为山东大学获得全国高校“活力团支部”称号的团支部之一。

“成仿吾英才班”是山东大学特色人才培养试点班，创新理论思政课模式，探索具有马克思主义理论素养和领导才能的“又红又专”的特色人才培养模式，通过理论授课、基层锻炼、交流访学、人文育人、社会实践等形式，对优秀大学生进行马克思主义基本理论和实践技能的培育，为国家和社会培育和造就具有马克思主义理论素养的政治坚定、勇于创新、素质全面的未来治国理政人才。

青春不留白，有你最精彩。获得“全国高校‘活力团支部’”这一荣誉称号，充分证明了“成仿吾英才班”作为新时代马克思主义者培养试点班、为新时代非马克思主义专业的优秀本科生进行马克思主义基本理论和实践技能学习而专门设置的校级特色发展平台，一直走在弘扬主旋律、传播正能量的先烈。"成仿吾英才班"具有时代特色的青年马克思主义者培养模式为中华民族实现伟大复兴贡献了山大力量。

2017年8月，通过在全国青少年井冈山革命传统教育基地开展专题实践、调研学习，学员们对井冈山革命历史有了更为深入的认知，对"红军之路、井冈精神"有了更为直观和深刻的理解，也更加坚定了自身的理想信念。"成仿吾英才班"以社会实践的形式，引导学员们感悟革命历史、思考自身使命、担当时代重任。

开班以来，"成仿吾英才班"组织了多次学术讲座，邀请到了辛向阳教授、方雷教授、刘森林教授、崔桂田教授、王宏波教授等国内外知名的马克思主义专家学者，为青年马克思主义者们进行专题授课。通过专家们深入浅出的讲解，学员们在领略大家风范之时，也对理论知识有了更为透彻的见解。2017年11月，"成仿吾英才班" 参加了在山东大学举办的"世界社会主义格局变化中的中国特色社会主义"学术年会，对当今时代马克思主义理论前沿问题有了一定了解。同月，学员们还参与了山东大学党委书记郭新立为全校优秀青年马克思主义者所作的报告。在这场主题为"学习贯彻十九大精神，推进世界一流大学建设"的报告中，郭新立书记以"十九大亲历者"的身份，为青年马克思主义者们分享了研读十九大报告的方法，阐释了十九大精神。一次次学术讲座、主题报告为学员们提供了与专家学者们交流探讨的平台。在一场场讲座的浸润中，"成仿吾英才班"的学员们对马克思主义理论有了更为深入的理解，提高了自身的马克思主义修养，也对当代青年的使命有了更为深刻的认知。

与此同时，团支部举办了多项活动，对宣传马克思主义理论起到了积极的推广作用，在全校团支部树立起了标杆。为了向更多青年学子传播和辐射马克思主义，“成仿吾英才班”团支部组织了“仿吾求知社”，意在紧紧围绕理论探讨的同时，运用马克思主义的世界观和方法论观察、分析、解决问题，并以灵活多样的形式发展身边的同学加入马克思主义的学习和实践当中。与此同时，在支部的组织和带领下，学员们积极参与马克思主义理论学习活动。郭胜豪、战晓东等学员参与了“十九大”主题演讲比赛，阐述了自己对十九大的理解；李好男、郭胜豪作为山东大学“仿吾求知社”的代表，参与了在南开大学举行的第十届高校理论社团研讨会……“成仿吾英才班”团支部组织的一系列活动都取得了较大影响，得到了良好反馈。

集才俊翘楚，建“青马”工程。“成仿吾英才班”团支部作为一个有活力的、不断发展的团支部，以马克思主义为信仰，以推动青年马克思主义者培养为目标，砥砺前行，不断前进，一直走在青年力量的引航路上，并凭借这一努力获得了此次“全国高校‘活力团支部’”的称号，得到了广泛认可。

如今，马克思主义已经融入中国发展的历程中、融入中华民族的命运中、融入我们的思想中。新时代的春风浩荡，“成仿吾英才班”团支部将凝神聚力，负重前行，继续做好学员的理论学习与思想培养工作，让青年马克思主义者乘风而起，扶摇万里！

（文/徐馨蓉）

第二话|全国五四红旗团支部(团总支)：为仿吾人加冕

自2019年以来，特别是今年新冠肺炎疫情爆发以来，全国各级团组织以习近平新时代中国特色社会主义思想为指导，着力保持和增强政治性、先进性、群众性，充分发挥了生力军和突击队作用，彰显了青春的蓬勃力量，涌现出了一大批先进典型。

为宣传典型，树立典范，共青团中央开展了“全国优秀共青团员”“全国五四红旗团委(团工委)”以及“全国五四红旗团支部(团总支)”评选活动。山东大学成仿吾英才班团支部经过层层组织审核申报，凭借着浓厚的家国情怀、创新的培养模式以及不竭的发展活力，在全国众多基层团组织中脱颖而出，近日被共青团中央授予“全国五四红旗团支部(团总支)”称号。

山东大学成仿吾英才班是山东大学贯彻全国高校思想政治工作会议精神和习近平总书记系列重要讲话精神，落实中共中央、国务院印发的《关于加强和改进新形势下高校思想政治工作的意见》，充分发挥山东大学马克思主义学科优势，推动“全国重点马克思主义学院建设”及“青年马克思主义者培养工程”所取得的重要成果，是一个非马克思主义专业优秀本科生进一步接受马克思主义基本理论和实践技能培育的校级特色人才培养试验班。

四年来，成仿吾英才班团支部在山东大学团委、马克思主义学院的指导下，致力于引领广大青年团员成长、推动校园文化传承与发展并发挥榜样力量，起到广泛带动辐射作用。该支部不拘泥于陈规，创新形式做好团课，在新中国成立七十周年，组织"我与祖国共奋进"主题团日活动；在抗击疫情的战斗中，在全校范围内发起了线上示范团课，校党委书记郭新立作为联系校领导，出席了主题团日活动并为同学们做指导。

成仿吾英才班团支部通过多渠道，在全校团支部中立起新标杆，引领青年共成长，其成立的"仿吾求知社"积极开展理论宣讲活动，曾被多家媒体宣传报道；其联手学校狂飙话剧社，开展五四精神话剧巡演；其通过"追寻"系列团支部活动，为学校团支部工作开展树立典范。此外，该支部突出"革命传统实践教学＋主题宣讲＋社会实践调研"相结合的模式助力团员成长，先后赴井冈山、遵义以及延安等革命教育基地进行实践教学，赴济南市甸柳新村等地开展主题宣讲与实践调研；在抗击疫情的过程中，组织募捐、网络辟谣、志愿服务，为战胜疫情贡献了青春力量。未来之日，成仿吾英才班团支部将继续以习近平新时代中国特色社会主义思想为指导，立足常态化疫情防控下的新要求，助力青年学子树立远大理想、热爱伟大祖国、担当时代责任、勇于砥砺奋斗、练就过硬本领、锤炼品德修为，不惧风雨、勇挑重担，让青春在党和人民最需要的地方绽放绚丽之花！

（文/白硕鑫）

第三话|追仿吾青春理想，寻时代五四精神

在中华人民共和国成立七十周年之际，为了学习不同历史时期优秀人物事迹，树立中国特色社会主义共同理想，成仿吾英才班团支部开展仿吾 Follow Me——“追寻”系列示范活动，发挥辐射带动作用，让学员们于实践中感悟真知、获得启迪。

成仿吾英才班作为青年马克思主义者培养工程的特色班，目的是通过对优秀大学生进行马克思主义基本理论和实践技能的培育，以理论授课、基层锻炼、交流访学、人文育人、社会实践等形式为载体，发展一批走在时代前列的奋进者、开拓者，社会主义核心价值观的坚定信仰者、积极传播者和模范践行者，使其成为引领广大青年学生成长、推动校园文化传承与发展的榜样力量。

每一位“小青马”在自身成长的过程中，都要能从成仿吾等山大先贤的身上汲取精神力量，正确认识时代所赋予的历史使命，成长为政治坚定、素质全面、具有卓越领导力和高度社会责任感的学生骨干。要想成为一名合格的“小青马”，就必须要注重理论与实践相结合，能将所学所悟运用到具体的实践工作中，通过不断的历练来积累经验、增进智

慧，做到信念如磐、意志如铁，政治坚定、绝对忠诚，清正廉洁、担当负责，成为坚定的马克思主义学习者、传播者和践行者。

基于此，我们团支部充分利用好互联网平台，将开展的部分活动通过制成宣传视频、拍摄图片、写推文、写新闻稿等方式进行宣传。除了通过山东大学马克思主义学院与校团委的官网、微信公众号、微博等传统网络平台进行宣传外，还充分利用新兴的短视频等实时线上活动平台，用青年人所喜欢的方式、通过青年人所喜欢的渠道宣传马克思主义相关知识，让马克思主义从课堂走进手机，从手机走进青年人的脑中、心里。同时，切实发挥好仿吾班和“仿吾求知社”的辐射带动作用，开展一系列有价值、有意义的活动，形成规模优势，增加仿吾班活动的新颖度和号召感染力，使其成为历届学员发挥青年马克思主义者先进性、引领性、独创性，起到青年模范带头作用的牢固阵地。

追忆历史，在对历史的洞察中，我们需要用眼，用心；学习自勉，在实践的亲历中，我们需要共勉，共情。“理论联系实际，从实践中来，到实践中去”是我们始终坚持的培养方式，也是我们矢志不渝的根本宗旨。

（文/葛雨辰　周子淳）

第四话|盼春来疫去,看“青马”奋蹄

2020年初,新冠肺炎疫情在我们中国爆发,在疫情期间,成仿吾英才班的同学们克服了心中的忧惧,做到了“知行合一”。在共同的交流中发掘出内心的力量,将所思所想化作一篇篇佳作;在自己的领域中化自觉为行动,为抗击疫情做青年力所能及的贡献。

疫情初期,摆在我们中国面前的是一张连题干都不完整的考卷。触目惊心的确诊数目、近乎指数的增长速度、隐蔽的潜伏期症状、医疗物资短缺……这些我们不得不面对的现实,时刻牵动着全国人民的心。在这样的背景下,仿吾班进行了第一次线上团会。“小青马”在会上把心中所思所想倾吐,一句“后悔自己没有学医”引起了大家强烈的共鸣。同学们都多么想能够穿上防护服、戴上护目镜,成为白衣战士中的一员啊!

但正如社会因分工不同才更加精彩,仿吾班也因思想的多元化而弥足珍贵。来自山东大学不同学院的“小青马”,是综合性大学各专业同学的代表,更是广大中国青年的缩影。随着疫情的不断发展,同学们渐渐意识到,抗击疫情需要全社会的共同努力,每一种职业都在构筑抗疫防线中发挥着不可替代的作用:没有医护人员的日夜奋战便没有迎击疫情的利刃,没有雷神山工人的埋头苦干便没有守护病人的碉堡,没有科学家的攻坚克难便没有釜底抽薪的解决办法,没有基层干部的兢兢业业便没有地毯式搜索的卓越成效……社会生活中是“职业”,学习生活中不就是“专业”吗?

“小青马”们将这种“恍然大悟”转化成了行动、转化成了引领大家走出忧惧的力量。在第二次团课中,同学们纷纷分享自己在疫情中尽己所能做贡献的方式:为湖北同胞捐献自己的奖学金,成为活跃在社区中的抗疫志愿者,为疫情中过于悲伤的同学做心理疏导……“因为钱不是很多,所以可能没有帮助到太多的人。”然而,掀起燎原之势的,不正是这星星之火吗?在第一次团课中,“小青马”们交流家长们在抗疫中的角色:公务员的加班排查、医生的彻夜值班……来自各个学院的“小青马”是青年的缩影,家长们则是社会中流砥柱——中年人的代表。从在羽翼的庇护之下到在抗疫战场上找到自己的位置,“小青马”只用了短短周余。抗疫战场上年轻的脸庞展现的是青年的力量,而他们鲜活跃动的赤子之心,铭记着暗夜中青年的成长。

除了投身实践,“小青马”们还相信文以载道的力量,把自己对疫情的感悟与思考化作文章中生动真实的文字。在山东大学马克思主义学院组织的“文书送暖,战疫同行”主题征文比赛中,仿吾班有十名同学获奖,深刻的思想、理性的思辨、饱满的情感打动着评委,也在朋友圈掀起了转发热潮。其中,臧一同学的长诗在众多文章中脱颖而出,他也成为唯一获得比赛一等奖的本科生。以病毒的口吻讲中国抗疫、借各行业普通人之口写医护、用自己做志愿的亲身经历讲青春……这是在疫情中最真实的想法,是对疫情不同角度的映照。他们的文章,勾勒出完整、立体的疫情下的中国,丰满了全球抗疫的中国形象,鼓舞着共同抗疫的中国青年。

春天来临时,疫情在中国被有效控制,这背后汇聚着中国人民万众一心的力量。与疫情肆虐的西方国家对比，这充分体现出中国的制度优势和我们党的领导力、凝聚力。“黑夜给了我黑色眼睛，我却用它去寻找光明。”疫情带给人们苦痛、离别与孤寂，而中国人民却在泥泞中踏出一条道路，中国青年却在黑暗中点亮盏盏炬火。

“你所站立的地方，正是你的中国；你怎么样，中国便怎么样；你是什么，中国便是什么。”本次疫情中，“小青马”在马克思主义的指导下成长为更加乐观、坚定、勇敢、全面的青年。青年们未来可期，“小青马”奋蹄不止，经过疫情考验的“小青马”脚步也更加坚定。历经疫情，他们更加明白：建设祖国的接力棒，正握在他们手中。

（文/侯亚琳）

第五话|我有好书赠朝阳

不同的书对于不同的人意义是不一样的。有些书我们可能会反复拜读,有些书我们可能只有短暂的一面之交;有的人对每一本书都视若珍宝,有的人对书的感情可能就没那么深厚……据调查,山大的学子们多多少少都会有不少闲置的书,这其中包括《马克思主义基本原理》(以下简称"马原")、《毛泽东思想和中国特色社会主义理论体系概论》(以下简称"毛概")等专业课本,也包括一些基于个人爱好购买的书,尽管它们类型不同,但是它们都有一个共同的去向——低价转手或毕业前丢弃。可是,有的同学还没有良好的阅读条件,他们能接触到的书本世界是有限的;有的学弟学妹还要去花钱用原价购买新课本,尽管大部分二手的专业课本并不影响使用。

基于此,仿吾三期拟在疫情结束后开展"我有好书赠朝阳"活动,目的是将大家手中闲置的书"活"起来,利用赠予的方式,传递仿吾求知的精神,让书香在五月传递,传到每一位受书者的心里。

整个活动将分为两个部分,第一部分叫"求知精神薪火传",我们打算事先联系好济南某希望小学,说明来意并获取许可,然后通过线下展台这个主要渠道展开活动。我们会在展台区备好山大明信片若干,鼓励大家在展台明信片上写下自己对孩子们的祝福、最喜欢的书中的某句话。同时我们也会收集大家捐赠的图书，然后赠予捐书者一份"马原重点学习资料"或"毛概重点学习资料"作为报答，将仿吾班的特色和必备的"青马"知识传递给更多人。后续我们会将这些明信片连同书本一起送给济南希望小学的孩子们，并出资在小学设立一个"仿吾读书角"，让孩子们在小小的年纪便在心中埋下一个爱读书的种子。若活动反响不错，我们将会把这个活动延续下去，甚至后期会有组织地去该希望小学举办"读书启蒙"公益课堂，让孩子们心中那爱读书的种子生根发芽。

第二部分是"马原毛概届届传"，我们打算收集学长学姐们闲置的"马原""毛概"书，然后将这些书送给有需要的学弟学妹们，让"马原""毛概"的课本在一代又一代的山大人之中流传，同时也坚定山大学子的马克思主义信仰，让书中蕴涵的精神代代相传。

通过这些活动，我们不仅可以帮助到有需要的同学们，将公益的精神在全校范围内传播，让更多的同学因此受益，而且还让"马原""毛概"的课本实现了代代流传，减少书本的浪费，促进了山大人之间的联系与交流。更重要的是，我们仿吾班也可以在此活动中发挥其应有的引领作用，将"我为人人"的精神进一步地发扬光大。

（文/刘泳含　孟铃涵）

第四目 仿吾先行

成仿吾英才班至此已经成立三年了。井冈山、遵义、延安……三期学员们留下了不同的记忆，但却始终学习、传承着一个同样的精神——仿吾精神。那是这群青年身上共有的责任感、使命感，是坚定的信念、向上的姿态、谦卑的态度。

第一话|初心:畅想在承前启后的秋天

革命,一直在路上

瓢泼大雨之下,我们进入井冈山。

这次井冈行,我们走访了很多地方,这给我们带来了很大的感悟。虽然文字可能难以完全准确地表达这些想法,但我也想借此机会谈一谈。

一、革命博物馆

在井冈山革命博物馆,我们在讲解员的介绍中对井冈山的革命历史做了全面了解。坦率地讲,作为文科生,我对井冈山的历史并不陌生,但对这段历史的具体细节,我的掌握还是不够,因此相比于大事件的轮廓，我更专注地听历史中的小细节。例如，大多数人都知道我们党领导了三湾改编，党指挥枪也始于此，但三湾改编同样确立了支部建在连上、官兵平等的原则制度，促进了人民军队内部的民主主义——这段历史则鲜为人知。

现在回想起来，我们党能在当时旧军阀部队影响强烈、部分人对国家前途无望的消沉情绪中带领人民军队开辟革命根据地，这本身就需要极大的勇气和魄力，而这是生活在新世纪的我们完全无法想象的。我常想，我们了解历史、学习历史、研究历史，需要一种准确的代入感，但每次联想到井冈山的革命过往，我总会有一种庆幸感。这种庆幸感来自对毛泽东等老一辈领导人的崇高敬仰。换句话说，没有那一批老前辈、没有井冈山根据地，星星之火又怎能燎原呢？

博物馆的职能是保存历史、再现历史，而博物馆内的人，则能让我们感觉到一种真实感。即将结束参观的时候，一位老奶奶站在一幅描绘毛泽东等老一辈领导人的油画前久久不肯离去。我相信，这源自对领导人的敬仰、怀念，因为正是他们领导中国人民摆脱水深火热，带领中华民族走向复兴。我们党是船，领导人就是掌舵者，人民就是汪洋大海，在这奔腾向前的水流中，我们党不断航向光辉彼岸。

二、军民鱼水情

平心而论，作为在城市里成长的青年，在家务方面真的不在行，用老乡说的话讲就是"娇惯坏了"。当然，这是句玩笑话，不过也体现出我们这代人虽然学到的知识更丰富，却把有些最基础的东西抛到了脑后。虽然这和每人的成长环境有关，但这次在老乡家的体验让我意识到基本技能的重要以及人民群众的朴实和真诚。

同样是在老乡家打扫卫生，生火做饭，做这些看似基础原始的工作，我们有鱼、有肉、有菜、有刀、有柴火，还有几只偶尔在我们眼前窜出来的小羊，但平心而论，我们的处境其实已比当年的红军好太多了。换句话说，如果在这种环境下还感到累和不舒服，那红军当年有多艰难就可想而知了。此外，来到小山村，接触到大自然本是何等幸事，但我们这些久居城市的年轻人竟感到有些不适应，这一点也是我没有想到的。人源于大自然，生于大自然，本应是一体。

我们穿着红军服，我们是"红军"；老乡提供房间及工具，老乡是"人民"。脱离人民、背离人民，必将被人民所抛弃。我们和老乡说了很多次不用帮忙，老乡还是搭了把手。人民信任你，所以帮助你，我们党的前途命运，取决于人心向背。

三、向烈士献礼

烈士陵园，庄严肃穆，这里的一草一木都在悲鸣。

共和国的国旗是由什么染红的？当然是鲜血。那群有血有肉有骨气的青年人，为了心中的理想，不顾生死地进行抗争。墙壁上的姓名不是冰冷冷的文字，其背后都是鲜活的生命。听着讲解员的介绍，我们不觉都润湿了眼眶。

从 1840 年大英帝国用大炮打破了天朝上国的美梦开始，再到北洋军阀烧杀抢掠，混乱的华夏逐渐被一片黑暗所笼罩。但当年的这群年轻人就是一道光，他们有的人在路上倒下了，但也有人冲出了重围，为共和国的建立带来了火种。而这片火，最终燃遍了中华大地。这是国家之幸、民族之幸。

四、告别与回想

这次，我们在井冈山还走了很多地方，但由于篇幅有限，在此难以全部描述。不过，走出井冈山后的两年，我时常思考，这次实践给我带来了什么。

显而易见，这是一场对心灵的洗涤。作为一名中共党员，我自认为从高中学习马克思主义至今，自己对政治、经济、哲学等理论的了解并不停留于表面，但这也反映出一个问题，那就是我们往往局限在理论层面，却鲜以实践去感悟。换言之，我们应将所学的一切最大限度地用到现实生活中。我们共产党人强调为人民服务，这个要求放在大学生身上看似很大，但我们其实完全可以从我们身边做起。为同学服务、为学院服务、为学校服务，就是为人民服务，"想不想"很重要，但"做不做"更重要。我们共产党人强调自我革命，那就是要坚持批评和自我批评，我们平常开民主生活会，不就是为了使我们的组织能持续保有革命精神、批判精神吗？以前，我们革旧时代、旧秩序、旧制度的命，现在，我们革自己旧思想、旧问题、旧错误的命。换句话说，只有始终保持革命精神，我们才能不断进步和成长。

革命，一直在路上。

（文/宋梓洺）

格物致知，修身仿吾

临近毕业，在整理自己大学几年获得过的荣誉证书时，一眼便看到了那张硬塑材质的结业证书，上面写着："高志民同学于 2017 年 8 月 15 日至 2017 年 8 月 21 日在全国青少年井冈山革命传统教育基地（全国团干部教育培训基地）参加了山东大学成仿吾英才班暑期实践教学专题培训班培训，成绩合格，准予结业。"看到这儿，我的思绪立刻回到了三年前。

当时正值第一学年期末，我在青春山大上看到了山东大学成仿吾英才班首期学员的招募通知，或者说是"成仿吾""首期""英才"这几个词语迅速吸引了我的眼球。读完第一段，我便激动了起来，阅读数遍后，我便对成为班级一员充满了向往。我小心翼翼地拨打咨询电话，董老师、翁老师亲切的话语使我对通知上"高大上"的班级有了莫名的亲切感，我下定决心要参与选拔。认真准备完材料，又经过面试考核等选拔过程，我终于在山东大学官方网站的通知上看到了自己的名字，正式成为山东大学成仿吾英才班首期班的一名学员。那一天是 2017 年 6 月 20 日，看似普通平凡、风平浪静，但谁能知道它竟会给我带来一个崭新的开始，并在我日后的山大生活乃至我的生命中时不时地激起波澜呢。

学制虽然是一年，但是成仿吾英才班对我们的培养采用的是跟踪制。在山大的学习生活中，仿吾班的培养经历可以说使我一直受益。

于我而言,这种收获是全方位的,难以用言语去形容,我理解这是学校"三全育人"内涵的一种具体体现。如果说让我概括一下加入仿吾班的收获,那就是我收获了三件法宝。

第一件法宝,积累了理论知识。仿吾班的授课模式为基本理论教学与实践教学相结合,这也是仿吾班吸引我的地方之一。其中理论教学以马克思主义理论专业基础知识为基础,主要通过名家讲座的形式进行。进行理论学习的时间经常长达一下午,众多名家大家为我们定制授课内容。我们在课堂上与老师积极交流,听他们答疑解惑,如沐春风。上课过程中,我经常联想到高中背诵的《兰亭集序》:"群贤毕至,少长咸集,此地有崇山峻岭,茂林修竹,又有清流激湍,映带左右,引以为流觞曲水,列坐其次。"一下午的时间往往过得很快,自己的理论知识水平也在不断提高。

"致知在格物,物格而后知至。"不仅是理论学习,班级的实践教学也非常丰富,学校倾注大量人力、财力、物力,为我们的实践学习提供平台,暑假期间组织班级同学前去井冈山进行实践活动,寒假领我们到烟台进行志愿服务,平时也会安排我们在济南走访村落进行社会调查。在这些实践过程中,我们的马克思主义理论素养不断提升,服务能力、实践能力、领导能力也都得到极大的锻炼。我们工科学院里有同学觉得上思政课学习理论知识是一件枯燥的事情,但是在考研过程中接触到有趣的政治老师,却从此爱上了理论学习,产生了想要跨考马克思主义学院的想法。其实这些同学并不是反感理论知识学习,只是缺少一个契机,让自己喜欢上理论学习。在仿吾班丰富的理论教学和实践教学模式下,喜欢上理论学习,主动探索提高也是水到渠成的事情。

第二件法宝,结交了一群志同道合的朋友。仿吾班三十位同学来自全校不同的学院，但我们都有着一个共同的目标，为成为一名青年马克思主义者而不断努力。从面试时的初次见面，到见面会的破冰活动，再到各种实践活动和课堂交流，班里同学早已经结下了深厚的革命友谊。虽然结业后班里集体活动变少，但每当有活动号召时，班级群里都是一呼百应，正可谓“恰同学少年，风华正茂；书生意气，挥斥方遒”。

回顾自己的大学生活，为了共同的奋斗目标加入的集体并不多。四年来，我在这方面最大的收获有两点：一是加入了党组织，二是进入了成仿吾英才班。没有加入仿吾班之前我可能并不觉得加入会对自己多么有益，但真正加入之后才知道不来会有多遗憾。2020 年，我们这些一期仿吾班的同学们就要毕业了。在这最美好的年华，我们将会投身到中国特色社会主义现代化建设的征程中，为 21 世纪中叶我国建成富强民主文明和谐美丽的社会主义现代化强国，在各行各业贡献“仿吾力量”。

第三件法宝，愈加坚定的信念。习近平总书记在纪念五四运动 100 周年大会中讲道：“党的队伍中始终活跃着怀抱崇高理想、充满奋斗精神的青年人，这是我们党历经百年风雨而始终充满生机活力的一个重要原因。”仿吾班致力于培养一批政治坚定、素质全面、具有卓越领导力和高度社会责任感的青年学生骨干。身为仿吾班的一员，格物致知、修身成才只是对我们的基本要求。我认为更重要的是，要学以致用，积极弘扬“仿吾精神”，辐射带动更多的青年学生增强自身本领、响应祖国号召，为早日建成社会主义现代化强国贡献出自己的青春力量。

在即将结束在山大的四年本科生活，开启研究生生涯之时，我对山大校训“学无止境，气有浩然”也有了更深刻的理解。学校的课程培养让我们扎实提高本领，不断丰富自己，而各类美育培养、文化滋养则使我们的理想信念更加坚定、更加有力量。我们这些仿吾人只有从我做起,格物致知、修身立德,才能让更多青年同学"仿吾"而行,"仿吾"报国。

鲁迅先生在《热风》中写道:"愿中国青年都能摆脱冷气,只是向上走,不必听自暴自弃者流的话,能做事的做事,能发声的发声。有一分热,发一分光。就令萤火一般,也可以在黑暗里发一点光,不必等待炬火。"我们仿吾班的同学也会聚则燃起熊熊烈火,散则发出星星之光,在所在领域里发光发亮,展现"仿吾精神"。

(文/高志民)

第二话|寻梦:觉醒在暴雪肆虐的冬天

写给最可爱的人——中国青年

我很有幸能作为成仿吾英才班第二期的学员随班来到贵州遵义参加暑期学习实践活动。

遵义被称为“会议之都”“转折之城”,1935 年 1 月在这里召开的遵义会议,重新确立了毛泽东同志的领导地位,纠正了红军军事路线的错误,挽救了红军,挽救了党,挽救了中国革命。

在参观了遵义会议纪念馆后,我们来到了凤凰山。在老师的带领下,我们向红军纪念碑敬献花圈,并在邓萍烈士的雕塑前上了一堂生动的红色教育课。邓萍烈士生前是红三军团参谋长,“年少万兜鍪”,18 岁报考黄埔军校,在长征过程中作为彭德怀的左膀右臂做出了突出的贡献。1935 年 2 月,红军进攻遵义老城,邓萍与张爱萍一起在前线侦查敌情,不幸被一颗流弹击中头部,壮烈牺牲,年仅27岁。

雕塑前,老师的动情讲解,让同学们眼睛里泛起泪花。我凝视着邓萍烈士的塑像:他躺在张爱萍将军的怀里,两眼凝望着远方,虽然头部中弹,但是眼睛里看不出丝毫害怕与疼痛。在他坚定的眼神里,我看到了他的无畏与憧憬。凤凰山飘起了细雨,深邃的山林更加静谧,肃穆的翠树直插云天,几十年来默默守卫着红军战士的陵园。接着我们又悼念了紧邻塑像的红军坟,这里埋葬着一个刚刚成年,因为给乡亲们看病而被白军抓住残忍杀害的小战士,当地人称他为"红军菩萨"。

下山途中,我脑海里一直回荡着邓萍烈士的事迹。18岁时他就开始参加革命工作,和我们的年龄相仿。在我们漫步大学校园享受生活的年纪,他已经驰骋疆场,叱咤风云了。而参加遵义战役的其他指战员,如毛泽东、周恩来等,他们不也都是在我们这个年龄就已经担负起了民族重担,为民族独立、国家解放而战斗了吗?

走到山下,我再次回首仰望高大的红军纪念碑。纪念碑好似一把利剑插入云霄,大有红军战士"敢教日月换新天"的豪情壮志,和"挥斥方遒,指点江山"的英雄气概。俗语道:"自古英雄出少年。"现在太多青年人以年轻为借口,游戏人生,浪费青春,一事无成,却又怨天尤人。回想我们的革命先烈,同样的年纪他们在做着伟大的事业,将自己的青春奉献给祖国与人民,用鲜血染就红缨,登云天,缚苍龙。

走在先烈们用身躯铺就的革命道路上的我们,又有什么理由懈怠呢?古代士大夫讲"穷则独善其身,达则兼济天下",而我认为,作为新时代的青年,我们应该勇于挑起民族复兴的重担。无论人生是"穷"还是"达",我们都应该扎根人民,坚守自己的岗位,做好本职工作,用自己的努力去建设中国,或像邓萍同志一样运筹帷幄、激荡时代风云,或是像平凡的红军小卫生员一样,用自己的所学,立足基层服务人民。

新冠肺炎疫情发生以来,许多"90后"医务工作者担当使命、奔赴一线，每每看到他们的新闻我都会想起长眠在遵义的“红军菩萨”小战士。有很多人说我们年轻一代没有经历过风吹日晒的苦日子，认为我们不能吃苦，不能担当，更有甚者说我们是“精致的利己主义者”，但是在这次疫情防控战中，我们看到了许多年轻的身影在一线、在基层，用白衣为我们遮挡风雨，用双肩为我们扛起太平。听到年仅33岁的张静静同志在返乡后突然病逝的消息，我一阵恍惚错愕，望向窗外烟雨千家，似乎又回到了在遵义的那个午后，置身于郁郁葱葱的山林中，伫立在红军小战士墓碑前。他们一个倒在了缔造共和的路上，一个倒在了守护盛世的途中。

近一百年过去，“神女应无恙，当惊世界殊”，我们所处的中国发生了沧桑巨变，但是始终不变的是中国青年的使命与担当。“青年兴则国家兴，青年强则国家强。青年一代有理想、有本领、有担当，国家就有前途，民族就有希望。”青年始终是时代的弄潮儿，是改革的急先锋，是青春的逐梦人。作为新时代的山大青年、仿吾学子，我们不为一己利身家，只愿得此身长报国；我们不为个人谋进取，而愿为国操吴戈披犀甲。也许我们现在还不能走向前线，为人民筑起钢铁长城，但是我们仿吾学子却愿做青年表率，奔走在基层社区防疫阵地，为社区居民提供安全的环境。我们如今“聚是一团火”，在仿吾学堂燃起希望，照亮祖国的明天；我们将来“散是满天星”，带着“百廿山大，强校兴国”的使命与愿景，在祖国各地不同的岗位上传承山东大学“为国家图富强”的责任担当。

习近平总书记指出我们正处在一百年未有之大变局。正所谓“一万年来谁著史”，历史的书简已经徐徐展开，书写青史的墨毫握在我们手中，我仿吾青年自当“来日方长显身手，甘洒热血写春秋”。

忆往昔峥嵘岁月稠。最后，再次向所有为人民奉献青春的奋斗者致敬！

（文/周昊）

我们不会忘记

遵义，好一座雄伟壮丽的古城！

遵义，这如雷贯耳的名字，举国上下谁人不晓谁人不知？1935 年召开的遵义会议，使这里成为彪炳史册的"转折之城、会议之都"，成为家喻户晓的革命圣地。2018 年暑假，我终于有机会来到遵义，同成仿吾英才班的同学们一起探寻先辈的足迹，感受他们不朽的精神。

五天的遵义之行是难忘的。那些可歌可泣的故事，那些重于泰山的名字，每次回想起来，都让我思绪万千，心潮难平……。

我们不会忘记，八十三年前，党的命运在遵义实现了具有深远意义的历史转折，使中国革命转危为安。今天的遵义会议会址是一座黑白两色的西式二层小楼，这里历经岁月沧桑，虽然几经修缮，但还是显得有些破旧。谁能想到在这座不起眼的小楼里，发生过中国革命史上惊天动地的大事？遵义会议的意义绝不仅仅是领导权的转移，它标志着我们党从此走上了一条实事求是、独立自主的道路。"洋经验"解决不了中国的问题，"人的正确思想，只能从社会实践中来"——毛泽东主席说过的这些话，至今依然掷地有声。党在遵义会议后对中国特色的革命、建设和改革道路的探索，都可视为遵义会议的延续。直到今天，坚定信念、独立自主、实事求是、敢闯新路、民主团结的遵义会议精神，依然指引着我们在实现"中国梦"的道路上不断探索、阔步前进。

我们不会忘记，在漫漫长征路上，我们的红军战士用英勇无畏的革命精神，书写了惊天地泣鬼神的壮丽史诗。到达遵义的第一天，我们就去瞻仰了位于凤凰山的红军烈士纪念碑。8月的凤凰山，绿树掩映，景色宜人。我们怀着崇敬而严肃的心情，缓缓走上200级台阶，高大的纪念碑映入眼帘。碑身上"红军烈士永垂不朽"八个大字分外醒目，碑的顶部安放着金光闪闪的中国共产党党徽。纪念碑四角分别是老红军、青年红军、女红军和红军赤卫队员的雕像，雕像怒目圆睁、凛然如生，仿佛依然保持着就义时的样子，也仿佛在向我们讲述那些悲壮的战斗故事。有一位红军小卫生员，经常为穷苦的乡亲治病，被乡亲们亲切地称作"红军菩萨"。红军离开遵义之前，他被乡亲们拉去治病，等他赶回遵义城时，大部队已经开走了。他在追赶部队的路上被白军抓住，惨死在敌人的屠刀下——这时他还不到二十岁。这位"红军菩萨"的墓就建在凤凰山上，墓周围苍松翠柏，郁郁葱葱。"白水暮东流，青山犹哭声。"听着讲解员老师动情的讲述，我们热泪盈眶，心潮难平。望着这座矮矮的红军坟，我仿佛能看到"红军菩萨"为乡亲们治病时关切的眼神，看到了他被捕时英勇不屈的样子……"红军都是钢铁汉，千磨万险不怕难。"血洒遵义城头的邓萍同志，被俘后英勇不屈、掐断肠子壮烈牺牲的红军师长陈树湘，在遵义三次截肢、拖着一条独腿走完"二万五千里"的开国中将钟赤兵……这样的英雄在我们的红军队伍里何止千千万万！他们用鲜血换来了一个强大的新中国，他们伟大的精神值得我们永远铭记！

我们也不会忘记，在遵义，成仿吾班二期的同学们从相识到相知，结下了深厚的友谊。镇钢、元赫、长昊、天月……在此之前大家还是陌生人，现在我们已经是亲密的朋友了。忘不了我们在氤氲的酒香里各陈己见、高谈阔论的情景，这也是"指点江山、激扬文字"，也是"书生意气、挥斥方遒"啊！和那些年轻的革命者一样，我们有理想、有抱负，有朝气和锐气。我们后来一年的理论学习、专题活动，都缘起于这短短的五天。遵义之行为我们今后的发展点亮了一盏明灯。

在茅台镇的那天，我曾站在赤水河畔凭栏远眺。江水浩浩荡荡，赤红色的浊流把两岸的山峦劈成两半，卷起巨大的漩涡，十分壮观。"江山也要伟人扶"，单以景观论之，这里或许不及长江黄河那般壮观，但却因毛泽东主席指挥红军四渡赤水的故事而为人所熟知，遵义也因为它的历史在中国众多的城市里独树一帜。赤水滚滚流去，昼夜不息，我们看到，遵义作为革命老区，在中央政策的关怀下已有了一日千里的巨大发展，红军在遵义留下的独立自主、民主团结、英勇无畏的革命精神，也将永远感召着我们在建设祖国的过程中不忘初心，继续前进。

在遵义的几天，接近处暑，天气转凉。遵义会议让中国革命转危为安，正如郭小川的诗中所说：

……

回身看：垒阔、沟深、西风烈，

请问：谁敢迈步从头越？

回头望：山高、水急、冰川裂，

请问：谁不以手抚膺长咨嗟？

风中的野火呵，长明不灭！

有多险的关隘，就有多勇的行列。

浪里的渔舟呵，身轻如蝶！

有多大的艰难，就有多壮的胆略。

……

哦！秋天来了、大雁叫了，
晴空里的太阳更红、更娇了！……
哦！谷穗熟了、蝉声消了，
大地上的生活更甜、更好了！……

（文/张弛）

第三话|传承:丰饶在湮远年代的春天

孕育“饱满”的沃土

在延安的时候,我买了一个羊皮腰鼓带回家。红烈烈油光光的腰鼓,钉着金灿灿的钉子,看着它就能想起民间艺术家表演时那丰富的面部表情,我相信那就是八十多年前延安的精神面貌。在几十年的传承中,这种饱满的感情不仅未曾磨灭,还被岁月升华成了画面性、艺术性的饱满。延安在灵魂的故乡等待我们的到来,用革命沃土的热情将我们的心灵滋养。

延安的饱满源于红军在延安渡过的十三年峥嵘岁月。在这十三年中,延安给予了长征后我党我军休养生息的时间与根据地;延安时期,我党提出“全心全意为人民服务”的根本宗旨,是党历史上不可或缺的重要一页。

延安的饱满是谷粒的满地金黄。战乱时期，军队驻扎地竟能有岁稔年丰的宝地！饱经剥削的中国百姓太害怕军队了，日军意味着烧杀抢掠，国民党军队意味着苛捐杂费，共产党的军队……面对驻扎的中央红军，百姓心里不可能没有顾虑。在延安，我党开展生产大运动，把“烂泥湾”变成了陕北的好江南。不仅金灿灿的粮食满场满仓，菜肉油实现自给自足，部队官兵还同百姓一起劳作。“自己动手，丰衣足食”是我党当时的自我要求，是对“全心全意为人民服务”宗旨的践行，更是百姓的定心丸。“八路弟兄是个个能，保卫咱边区陕甘宁。帮咱们种来帮咱们割，哪一家百姓不领情。”一支有仗打仗保护百姓、没仗开荒造福百姓的军队怎能不赢得民心？“围定亲人热炕上坐，知心的话儿飞出心窝窝。”陕北人民不仅给党和八路军一个安顿的地方，更在心中把他们看作陕北人民不可或缺的一分子，看作为陕北人民带来希望的“人民救星”：八路军，不是带来战争和杀戮的军队，而是带来和平与富庶的军队。八十年后的今天，绿油油的菜叶子茁壮在北非的维和营地，黄灿灿的油菜花盛开在边境的哨岗——延安精神从未褪色，它根植于一代代人民解放军的心中，保卫着和平，守护着安定。

延安的饱满是我军的战斗热忱。日军侵略、国民党围剿，延安是圣地，但也是中国无数罹遭苦难的地区之一。八路军不拿百姓一针一线，更不许侵略者、反动派动百姓一分一毫！绵延横亘在南泥湾山丘之上的矮墙，略微堆垛起来作为碉堡的黄土，就是八路军的防御工事；稀缺的子弹、落后的武器，就是八路军的客观战力。但就是在这样的“堡垒”中，八路军顶住了日军、国民党军队的一次次攻击、轰炸、围剿，守护了陕甘宁边区成千上万的百姓。这当中必有艰苦的斗争、必有悲壮的事迹，但八路军并不曾退缩，因为身后是他们要保卫的沃土。“乐民之乐者，民亦乐其乐，忧民之忧者，民亦忧其忧。”把性命押在战场上的八路军值得百姓托付性命：“最后一斗米做军粮，最后一尺布做军装。最后的老棉被盖在担架上，最后的亲骨肉送去上战场。”人民的支持是战争胜利的保障，而在延安，军民团结如一人，这就是中国共产党领导人民走向革命胜利、走向海晏河清新中国的关键原因。

延安的饱满是思想的百家争鸣，是文艺的百花齐放。全国各地心系中国的有志之士、爱国文艺家和知识青年奔赴延安，为这座黄土高原上的城市带来生机与活力，带来饱满的革命热情。“八一三”失利时，梁漱溟受国民政府邀请搬到武汉，所见皆饿殍满地、哀鸿遍野。他访问延安，与毛泽东主席两次彻夜长谈。毛泽东主席坚定的革命乐观主义精神和入情入理的分析打动了他，将他心中对抗战的悲观与迷茫挥散。而“抗战胜利后如何建设新中国”这个有争议性的问题，在陕北冬日的深夜里，更激发出两位智者思辨的光辉。参观延安后梁漱溟感慨道：“在极苦的物质环境中，那里的气象的确是活泼，精神确是发扬。”黄土高原上土生土长的壮后生支棱着白羊肚手巾，在黄土高原上舞着安塞腰鼓的豪迈；鲁迅艺术文学院的文艺干部伴着老钢琴，在母亲河旁吼出《黄河大合唱》的激昂。在陕北的窑洞里，流淌出《黄河大合唱》那感人肺腑的经典旋律，酝酿出《论持久战》这高瞻远瞩的领袖视野。黄土高原赤裸裸的广袤土地最适合流露心声，在这里探寻中国之后的道路最能够激起灵感。而延安的沃土，把艺术和思想的种子孕育，让革命的激情迸发出一曲又一曲高亢激昂的赞歌。

延安的饱满蕴含于一代代领导人对她深深的眷恋中。中国的领导人们对延安有着特殊的感情，延安的窑洞中、土坡上满载着中国人民的集体记忆。“几回回梦里回延安，双手搂定宝塔山。”一首满含深情的《回延安》，道不尽革命先辈对延安时期的怀恋；站在宝塔山上鸟瞰延安市,“恩来桥”横跨河两岸,说不完延安对革命先辈的爱戴。1973年,周恩来总理回到延安,想独自爬一爬令他魂牵梦绕的宝塔山。裸露的河床上没有桥,周总理想乘坐吉普车涉水过河,车身却陷在了河床的淤泥里。“白羊肚手巾红腰带,亲人们迎过延河来。”乡亲们看到周总理特别高兴,竟在河床的淤泥里和周总理话起了家常,知道周总理要去爬宝塔山,齐心协力把吉普车抬过了河。回京后,周总理对延安很是挂心:孕育了新中国的延安,怎么百姓们过河连桥都没有呢?他专门写报告建议国家拨款,终于在河上架起了“宝塔桥”,而延安人民却亲切地称之为“恩来桥”。习近平总书记在《之江新语》中写道:“老百姓在干部心中的分量有多重,干部在老百姓心中的分量就有多重。”周总理和恩来桥的故事,正是最生动真实打动人心的例证。

“陕西是根,延安是魂,延川是我第二故乡。”习近平总书记曾在梁家河村下乡插队,七年青春岁月,他在延安度过。在梁家河的七年,他克服“跳蚤、饮食、生活、劳动、思想”五大关,在梁家河村艰苦的生活中找到归属感,在窑洞的通铺上与村民们彻夜长谈……也许那时老一辈的梁家河人会在他身上看到延安时期知识青年的样子,看到毛泽东主席或是习仲勋同志的影子——或者说,其实这就是百姓心中共产党人的样子。入团申请书写了八份,入党申请书写了十份,习近平终于成为一名党员。随后,他被梁家河村村民选做大队支部书记。在艰苦和坎坷中,习近平却“培养出了我不变的信念:要为人民做实事”。他带领梁家河村村民开挖出陕西省第一口沼气池、创建铁业社增加村民收入、设立代销点方便人民生活……在延安,习近平总书记的领袖气质初露锋芒;也正是延安这片沃土,给青年习近平深入群众的机会。“深入基层不放松,立根原在群众中。”梁家河的村民安居乐业,谈起青年习近平亲切又自豪。而更令他们骄傲的是,引领中国不断强盛的习近平总书记,曾在延安、在梁家河初试牛刀;他对民生格外细心,可能还受到窑洞通铺上某次卧谈的启迪。

延安的饱满,更在于她的浓墨重彩不曾随时间的流淌而消逝,反而因岁月的积淀不断增加新的内涵。她从未离开,不曾老去,永远年轻。我们在延安的沃土上汲取力量,在已成燎原之势的中国,从延安归来的年轻的我们,是新的燃料、新的火。

(文/侯亚琳)

第四话|坚守:耕耘在收获可期的夏天

仿吾相遇,未来可期

转眼间,成仿吾英才班三期的同学们已经完成了为期一年的学习,即将结业了。作为仿吾班的负责老师之一,我由衷地感到欣慰。对这期学员的培训,过程是顺利的,成果是显著的,结果是圆满的。能够为三十位卓越的山大学子、青年马克思主义者提供帮助,见证他们的成长和蜕变,使我感到无比的喜悦。同时,我也为这场美丽的相遇而感动。

成仿吾先生是中国无产阶级革命家、忠诚的共产主义战士,曾担任山东大学校长。英才班以成仿吾先生的名字命名,正是希望同学们能从山大先贤的身上,汲取精神力量,正确认识时代赋予的历史使命,自觉把个人的理想追求融入国家和民族的事业中来。从学员招募到整理毕业书册,山东大学校团委始终跟同学们站在一起,统筹规划,为仿吾班的日常活动、社会实践、评奖评优随时提供指导和支持,为学员练就过硬本领、培养高尚品德、坚定理想信念而做出尽可能全面、完善的努力。

对于各种活动安排,同学们都积极响应,克服困难争先报名,从未有一人无故缺席集体活动,在革命圣地延安、五四升旗仪式等重要场合,他们展现出了山东大学一批走在时代前列的奋进者、开拓者,社会主义核心价值观的坚定信仰者、积极传播者和模范践行者的靓丽风采,名副其实地成为引领广大青年学生成长、推动校园文化传承与发展的榜样力量。

在校团委、本科生院与马克思主义学院领导、老师的共同努力下,学员们的理论学习成效显著,实践活动有序开展。青年意气,挥斥方遒,大家时常云集仿吾学堂,对时事政治、社会问题进行激烈讨论。每位同学都尊师重道、积极进取,在马克思主义理论的知识海洋中尽情畅游。在这段时间里,同学们铭记"学无止境,气有浩然"的校训,开阔视野、提升思想觉悟,每位老师都看在眼里、记在心里。

在社会实践活动的策划、实施中,成仿吾英才班三期学员在班级组织建设上展现了不凡的主动性和创造性。无论是读书会、敬老院志愿活动还是暑期延安学习实践,全班同学都积极参与,班委同学充分发挥作用,工作严谨负责,行动严肃活泼,"英才班"的风貌一览无余,为全校社会实践活动、团课的开展树立了典范。新冠肺炎疫情期间,这些"小青马"们,响应共青团号召,积极开展线上团课学习,并主动投身到抗击疫情的志愿服务中去。老师们真心地为同学们在这次培训所收获的更端正的姿态、更坚定的信念、更卓越的能力、更勇敢的担当而感动。

习近平总书记曾说过这样一段话:"时间之河川流不息,每一代青年都有自己的际遇和机缘,都要在自己所处的时代条件下谋划人生、创造历史。青年是标志时代的最灵敏的晴雨表,时代的责任赋予青年,时代的光荣属于青年。”成仿吾英才班三期学员们，老师希望你们充满自信，看到自己的优秀，同时作为一批最优秀的青年人，也要坚定地扛起肩上的责任。

仿吾班的学习告一段落，对于在这段时间里从彼此身上学习到的优点，在课堂上、实践中学到的知识、提升的能力，你们要整理反思，熟练掌握；对于先进思想、正确道路的坚守，你们更应该永远铭记，让先贤的光辉、理想的信念成为未来路上指引你们前进的灯塔。对于你们未来的发展，我有几点期望：

第一，坚定理想信念，培养优秀品德。理想信念是每一名学生的精神之钙，成仿吾英才班的同学更是要树立与“中国梦”这个时代主题同心同向的理想信念，勇于担当时代赋予的历史使命。

第二，练就过硬本领，勇立时代潮头。青年学生，要把学习放在第一位，让勤奋学习成为青春远航的动力，让增长本领成为青春搏击的能量，保持“初生牛犊不怕虎”的劲头，锐意进取，探索创新，做时代先锋。

第三，发挥带头作用，引领更多青年。作为优秀的青年马克思主义者，你们既要严格要求自己，又要发挥模范带头作用，做政治坚定、素质全面、具有卓越领导力和高度社会责任感的青年学生骨干。

在这段时间的接触中，我发现了成仿吾英才班三期同学们的可爱、优秀，与三期学员相遇是一场最美丽的缘分。你们对生活，充满希望；对未来，抱有理想。同学们，我衷心地祝福你们：前途似锦，未来可期。

（文/翁祥栋）

只需迈步向前越

庚子年四月，我国吹响了抗击疫情阻击战的号角，任何关于抗击疫情的进展都时刻牵动着全国人民最紧绷着的心弦。在这场没有硝烟的战争中，从未存在个人的孤军奋战与孤立无援，举国上下众志成城，同心一意，共克时艰。时至今日，历时近四个月的战"疫"行动已经取得了显著成效，中国人民在伟大的中国精神的指引下在这场疫情防控斗争中续写了中华民族崭新的壮丽篇章。

在这场战"疫"行动中，我们看到非典时期"被保护"的青年一代已经成为时代的主力军，他们用使命意识诉说着自己的青年力量，用实际行动承担起自我的时代担当，无愧于一句"国之栋梁"。而身为山东大学成仿吾英才班的优秀学子，身为新一代有理想、有本领、有担当的"小青马"的你们更应该坚定理想信念，发挥自身所长，在这场疫情大考中交出一份满意的答卷。

成仿吾英才班自第一期以来就把"发展一批走在时代前列的奋进者、开拓者，社会主义核心价值观的坚定信仰者、积极传播者和模范践行者"作为班级的培养目标，更通过理论授课、基层锻炼、社会实践等形式对同学们进行了一系列有关马克思主义基本理论和实践技能的培育。而在这场防"疫"战中，虽然你们无法穿白衣、写战书，奋斗在一线，但你们每个人都是这时局的见证者与参与者，而绝不是旁观者与漠视者。

马克思指出，人的本质是一切社会关系的总和。同学们，希望你们能在这场疫情中明白我们所信仰的马克思主义绝不仅仅是纸上谈兵，更不是空中楼阁，而是“身在三尺斗室，心怀天下苍生”的使命情怀、是“躬身入局”的实际行动。在这场疫情防控阻击战中，正是因为有全党全军全国各族人民的非凡举措，有无数个平凡的“分子”的不凡担当，才有了抗击疫情的显著成效。所以身为国家希望、民族未来的你们有责任、有义务视国事为己任，树立起“四个自信”，在重大挑战、重大风险、重大阻力与重大矛盾面前始终以“独立之精神，自由之思想”义无反顾地承担起时代的重任，展现自我的担当。

同时，同学们作为马克思主义的学习者与实践者，更应当时刻“在马学马、在马研马、在马信马、在马言马”，在孜孜不倦的求真过程中巩固自身的马克思主义理论功底、提高理性思辨能力、培养实践应用能力，真正地做到学马、懂马、用马。具体来说，同学们不仅要在疫情中主动担当、勇于作为，也要结合疫情当中出现的新情况、新问题、新举措来深入思考马克思主义中国化的理论创新和实际应用问题，深入探讨中国特色社会主义治理体系和治理能力的现代化问题，并在未来的学习生活中高举马克思主义旗帜，提高自身运用马克思主义理论分析问题、解决问题的能力，坚定理想信念，从而在这片马克思主义中国化的“底色”上，以“初生牛犊不怕虎”“吾将上下而求索”的“本色”，于时代与国家面前检验自己的“成色”，谱写属于自己的波澜壮阔的青春新篇章。

“知是行之始，行是知之成。”以上我所期冀的两点归结起来其实就这一句话，而若“知行合一”的境界达到了，那么，我们仿吾之行的目的也达到了。在这一年的学习与实践中，你们在读原著、学原文、悟原理中用马克思主义及其中国化的最新成果武装头脑；在坚定共产主义远大理想和中国特色社会主义共同理想中发挥问题意识、紧扣时代主题；在延安、在敬老院、在"思政课"比赛等舞台上，你们不断地转换角色，切实感悟——这都是你们"纸上得来终觉浅，绝知此事要躬行"的"知行"精神的体现。成仿吾英才班一年的培养仅仅是为你们的成长成才打开了一扇小小的门，这扇门所指向的路时而平坦，时而坎坷，有鲜花遍地，也有荆棘丛生，但我相信，无论哪种，它们都将成为你们人生旅途中精彩耀眼的一部分，而你们也将由此沿着这条路，逐渐成为一名优秀的马克思主义的忠诚信奉者、坚定捍卫者和踏实实践者！

青春的时光与民族的华章交相辉映，青年的发展与国家的进步同频共振。同学们虽然即将从成仿吾英才班三期结业，但我们绝不仅仅奋斗在此时，更奋斗在每时。希望在未来你们能读过万卷书，行过万里路；眼里满是星河，脚下踏实土地；心怀个体的梦想，更满腹家国的情怀；有追求真理的力量，更有直面未知的勇气；有大胆尝试的自信，更有敢于负责的担当；即使偶尔被现实打败，也不失从头再来的勇气。时光为激流勇进的船舶饯行，为随波逐流的舸舰送葬。如今时代接力棒已经交到了你们的手中，在这片"为成就一代风华正茂的青年"所搭建的"无与伦比的舞台"上，祝愿你们能如习近平总书记在"纪念五四运动100周年大会"上所希冀的一样，去"积极拥抱新时代、奋进新时代，让青春在为祖国、为人民、为民族、为人类的奉献中焕发出更加绚丽的光彩"，从而无愧于自己、人民、国家与时代。

同学们，"一代人有一代人的长征，一代人有一代人的担当"。但请相信，前行中的祖国是你最大的底气，奋斗中的青春是你最美的姿态。你们的脚步，注定丈量时代的进步；你们的誓言，注定写下民族的华章；

你们的力量，注定成为中国砥砺前行的磅礴动力！

“仿吾精神”薪火相传、生生不息。相信所有“仿吾人”都能高举马克思主义的大旗，昂首阔步，勇往直前，续写仿吾班的辉煌历史、为新时代实现“中国梦”贡献山大力量！

（文/肖成俊）

此间青年，浩气长存

每当我翻到这本书中的任意一段，都会想起那些蒸腾、梦幻、高歌的夏天。

2018 年与 2019 年暑期，两群刚刚结束大一学习生活的青年，分别踏上了前往遵义和延安的未知旅途。在这之前，由于仿吾班的招生工作刚刚结束，理论课程尚未全面展开，三十个伙伴见面的次数屈指可数。在驶向目的地的高铁上，大家试探着打招呼，客客气气地询问邻座的朋友要不要吃点自己带的零食，拘谨而友好地聊着彼此的专业和家乡，在“破冰”之路上轻松愉快地行进着。

随后的一切也是这般顺其自然，青年们很快成了好朋友。除了有交换故事、一起游戏等娱乐放松活动，还有贴心的照料和温柔的包容——谁有困难只要招呼一声，有条件帮忙的纷纷响应；偶尔有谁忘记集合时间，大家也耐心等待并顺道打趣一番；实践途中有人过生日，蛋糕早已悄悄备好，只为给他们家一般的感觉……凡此种种，一点一滴融化着青年人的心间城墙，每个人都渐渐踏进了其他二十九个小宇宙。

此后，枣园革命旧址旁，我们在腰鼓声中奔腾起舞；南泥湾大生产运动体验基地里，我们分工明确协力做饭；回程的车上，各个小组纷纷献唱，当地负责护送的人员也不禁动容，给予同学们最美好的祝愿。

遵义与延安之行，仿吾二、三期的学子们收获欢笑、收获友谊、收获技能、收获思想。我们在这里相熟相知，也从这里磨炼自我，走向更高远的天地、更广阔的人生。

山东大学成仿吾英才班面向济南所有校区进行招生，历经个人申请、学院审核、专家面试三个环节，每一个进入仿吾班的学子都是各自学院的佼佼者，他们或是学院中成绩名列前茅的学霸，或是班长、团支书等为同学服务的学生干部，或是摄影爱好者、剧本创作者等艺术型人才，又或是坚持参与志愿服务、积极外出游学的全方位发展达人。面对如此多的优秀同龄人，回想当初得知自己成功入选仿吾班时的激动、喜悦和忐忑，至今心中仍旧激荡起阵阵涟漪。

曾经，有些人对马克思主义思想政治教育等持有偏向负面的刻板印象，甚至有人说"马克思主义就是用来给人洗脑的"。然而，这些人这样说是否也是另一种被洗脑的表现呢？传播学教会我们在"多元无知"的环境中理性思辩、寻根究底。与其坐而论道，不如穿越纷纷扰扰的噪声，亲自去成仿吾英才班切实探索、发掘马克思主义的内涵，让见解接受斥驳。毕竟，没有调查就没有发言权。

通过这一年的理论学习和切身实践，我们体验到了学科交叉的奇妙碰撞感，更加清晰地了解了马克思列宁主义、毛泽东思想和中国特色社会主义理论体系的科学内涵。从新民主主义革命理论到"五位一体"总体布局，越深入了解，就越为自己之前认识的浅薄感到惭愧，这也坚定了我们继续学懂、弄通基础理论，坚持阅读相关著作，不断把理论应用到实践当中去的决心。

而我们之所以有这个机会进入成仿吾英才班学习,既增长见识,又练就本领,是因为学校提供给我们广阔的发展平台。成仿吾英才班的办学目标就是通过对优秀大学生进行马克思主义基本理论和实践技能的培育,以理论授课、基层锻炼、交流访学、人文育人、社会实践等形式为载体,探索具有马克思主义理论素养和领导才能的特色人才培养模式,发展一批走在时代前列的奋进者、开拓者,社会主义核心价值观的坚定信仰者、积极传播者和模范践行者,使其成为引领广大青年学生成长、推动校园文化传承与发展的榜样力量。我们从学校这种探索特色教学模式,充分支持学生成长成才的举措中受益良多。

此外,陪伴仿吾二、三期成长的还有教授专业理论、心系每一位同学长远发展的老师们。课堂之上,老师鼓励同学们积极发表意见,如有不同想法,就要畅所欲言,“对错无所谓,只要你敢说,这就是一种能力,要慢慢培养”。课堂之外,老师向同学们分享自己的求学、求职经历,从中提炼出可供参考借鉴的人生经验,只愿同学们在求知的过程中学到一生受用的品质——保持求知之心,保持谦虚之德,保持热情,保持快乐。

“观心同水月,解领得明珠。”人间事,总是在我们原本纯净的心上落上一重又一重的尘埃,即便努力想要把做一件事的利弊衡量得清清楚楚,也总发觉得失交错、益害相织。其实,很多时候并不需要那么多弯弯绕绕的心思。如果你非常想要去做一件自己认为是对的事情,并且愿意为了这件事付出时间和精力,那么就去做吧,就像加入仿吾班一样,把心过滤,然后看见自己。

要相信,我们每个人都是来自旷古的星散,是茫茫宇宙中最特殊的那一颗。青年人骨血中有浩气,那是人类历史上的英雄伟人传到 21 世纪的浩气,是从盘古开天辟地传到新中国成立七十年后的中国的浩气。趁年轻,多读书,多交友,多行路,当你最后回想起那段读书论道、惠风和畅的日子，想起那群浩气长存、志在天下的同伴时，连忙三省吾身，继而会心一笑，那便得到求学的真谛了。

（文/编者）

附　录

山东大学成仿吾英才班学员名单

一期学员名单

序　号	学　院	姓　名
1	历史文化学院	刘凯然
2	能源与动力工程院	曲　鹏
3	管理学院	李好男
4	经济学院	战晓东
5	外国语学院	孙文菊
6	化学与化工学院	刘振松
7	外国语学院	宋梓洺
8	机械工程学院	亓文豪
9	数学院	陈中午
10	药学院	孔欣茹
11	电气工程学院	高志民
12	管理学院	王　颢
13	经济学院	王昊晨
14	化学与化工学院	王宇辰
15	能源与动力工程学院	徐　洋
16	药学院	李文靖

续表

序　号	学　院	姓　名
17	化学与化工学院	肖笑园
18	能源与动力工程学院	孙彧炜
19	历史文化学院	郭胜豪
20	化学与化工学院	刘德志
21	哲学与社会发展学院	解梦华
22	能源与动力工程学院	陈门迪
23	国际教育学院	赵　宸
24	外国语学院	丁嘉琪
25	微电子学院	闫兆璋
26	公共卫生学院	孙　潇
27	外国语学院	熊声悦
28	外国语学院	谢文玲
29	临床医学院	张明惠
30	基础医学院	许博涵

二期学员名单

序　号	学　院	姓　名
1	化学与化工学院	贾长昊
2	材料学院	郑镇钢
3	经济学院	宫　馨
4	电气工程学院	张元赫
5	文学院	张　弛
6	历史文化学院	吕凤悦
7	外国语学院	任好为
8	临床医学院	胡守蕊
9	经济学院	郝　放
10	电气工程学院	刘　畅
11	药学院	李婧茹
12	电气工程学院	吴浩盛
13	历史文化学院	冯天予
14	历史文化学院	周　昊
15	临床医学院	万小涵
16	文学院	寻天琦
17	管理学院	刘天月
18	机械工程学院	翟强强
19	文学院	齐浩男
20	材料学院	曹成欣
21	管理学院	曹　莹
22	能源与动力工程学院	郭　彪
23	电气工程学院	卜祥亚
24	新闻传播学院	王艺霖
25	数学院	曹　志
26	数学院	袁　博
27	临床医学院	焦晓宇
28	新闻传播学院	马　田
29	公共卫生学院	肖意楠
30	管理学院	毛洁玲

三期学员名单

序号	学院	姓名
1	哲学与社会发展学院	臧　一
2	经济学院	林悦轩
3	文学院	宋文婷
4	文学院	王皓宇
5	文学院	魏一然
6	文学院	尚文月
7	新闻传播学院	牛　凝
8	新闻传播学院	杨婷丹
9	新闻传播学院	毛秀慧
10	外国语学院	李雪倩
11	外国语学院	刘力凤
12	文学院	徐馨蓉
13	化学与化工学院	刘春发
14	材料学院	侯亚琳
15	材料学院	葛雨辰
16	材料学院	周子淳
17	控制科学与工程学院	刘茂祺
18	控制科学与工程学院	林子程
19	能源与动力工程学院	张　素
20	电气工程学院	刘泳含
21	电气工程学院	王续卓
22	电气工程学院	吴佳昊
23	电气工程学院	孟铃涵
24	电气工程学院	丁琦欣
25	基础医学院	白润泽
26	基础医学院	金煜翔
27	药学院	李雪瑞
28	管理学院	殷　菲
29	管理学院	石林娜
30	齐鲁交通学院	何海东

培养方案

山东大学“成仿吾英才班”培养方案

为深入贯彻党和国家的教育方针，落实立德树人的根本任务，培养德智体美劳全面发展的社会主义建设者和接班人，充分发挥山东大学马克思主义学科优势，深入推进“青年马克思主义培养工程”，根据《山东大学“成仿吾英才班”实施方案》（山东大学字〔2017〕27 号）精神，结合新时代对青年政治人才的要求和第一届毕业学员培养实际，拟进一步优化调整“成仿吾英才班”（以下简称“仿吾英才班”）培养方案，具体如下：

一、培养目标

“仿吾英才班”通过对优秀大学生进行马克思主义基本理论和实践技能的培育，以理论授课、基层锻炼、交流访学、人文育人、社会实践等形式为载体，探索具有马克思主义理论素养和领导才能的特色人才培养模式，发展一批走在时代前列的奋进者、开拓者，社会主义核心价值观的坚定信仰者、积极传播者和模范践行者，使其成为引领广大青年学生成长、推动校园文化传承与发展的榜样力量。

二、培养要求

（一）系统掌握马克思主义理论专业的基础知识，能够从整体性上学通、弄懂和研究马克思主义的基本原理与科学精神。

（二）了解马克思主义学科的最新动态，具有一定的科学研究能力和良好的科研学术作风。

（三）从山东大学为国育贤的办学初心、优良的办学传统以及成仿吾等先贤严谨扎实的治学品格中，汲取精神力量，正确认识时代赋予的历史使命，成长为政治坚定、素质全面、具有卓越领导力和高度社会责任感的青年骨干。

三、培养对象

通过学院推荐及个人自荐相结合的形式，原则上从全日制一年级本科生中择优选拔，每学年拟培训30人。基本条件如下：

（一）具有山东大学学籍的全日制本科一年级学生；

（二）政治立场坚定，拥护党的领导，积极要求进步；

（三）品学兼优，学有余力，本科一年级第一学期的学习成绩绩点排在本专业前50％；

（四）热心参与社会工作，具有一定的社会责任感、奉献精神、创新精神和实践能力，得到老师和同学的普遍认可；

（五）积极参与学生工作，表现良好的学生干部或理论社团骨干优先；

（六）积极组织、参加各类社会实践、志愿服务、科技创新和文体活动，在科技创新、文化体育方面具备一定特长。

四、选拔考核

（一）选拔流程

按照学院推荐和自我推荐相结合的报名形式，通过初选、面试等考核环节，产生最终名单。

有意向且符合报名条件的同学须按要求如实填写《山东大学“成仿吾英才班”选拔申请表》,并提交对党和国家最新文件及讲话精神的学习心得一份或以青年马克思主义者参与校园建设和社会发展等为主题的论文一篇。

报名截止后,对所有报名同学进行初选,然后对通过初选的同学进行面试考核,并最终确定入选名单。

(二)考核方式

每位学员应参加所有培训环节,不得无故缺席。学员培育期间实行淘汰制,一学年内3次未参加必修课程者或中期考核不合格者将被劝退。

确定考核成绩是否合格主要依据两个指标:一是课程(活动)的出勤率,二是培育内容完成情况。考核评价有关材料将被纳入学员个人档案。

考核全部合格的,由本科生院进行学分认定,学校授予马克思主义理论专业辅修证书。

五、教学计划

“仿吾英才班”教学计划由马克思主义学院负责制定落实,并报备学校本科生院。

“仿吾英才班”以一学年为一个培育周期,每年六月开班。根据《教育部关于印发〈新时代高校思想政治理论课教学工作基本要求〉的通知》(教社科〔2018〕2号)要求,本科生通识教育必修课程“毛泽东思想和中国特色社会主义理论体系概论”(以下简称“概论”)课由原来的6学分改为5学分。“仿吾英才班”学员在结业考核中成绩合格者,所修学分可置换“概论”的5学分。结业后,学员即进入跟踪培育期,在此期间应发挥榜样带动作用,辐射更多青年学子。

学员入班之后,无特殊原因中途不可退班,若出现退班或考核不合格的现象,需重修“概论”课程,并不予发放马克思主义理论专业辅修证书。

(一)核心课程

邀请国内外知名专家学者在学年内每两周为学员进行理论教学，核心课程设置为马克思主义理论前沿问题研究、马克思主义经典著作选读、中国化马克思主义著作选读、中共党史、党的建设专题研究、本科生导师互动研讨课等专业必修课程。

(二)实践教学

利用假期时间组织学员到古田干部学院、全国青少年井冈山革命传统教育基地、中国延安干部学院等开展访学交流活动和社会实践，要求提交实践报告。

(三)个性化教学

学校将为学员选配成长导师团，由导师指导学员独立完成课题调研及写作，并对学员在校期间的学习情况进行监督和跟踪。

(四)课程设置及学时分配表

课程类别	课程号	课程名称	学分数	总学时	总学时分配 授课	总学时分配 上机	考核方式	开设学期	备注
专业必修课		马克思主义理论前沿问题研究	4	64	64			1夏	
		马克思主义经典著作选读	4	64	64			1夏	
		中国化马克思主义经典著作选读	2	32	32			1夏	
		中共党史、党的建设专题研究	2	32	32			1夏	
		本科生导师互动研讨课	2	32	32				全年
	小计		14	224	224				
实践环节		暑期教学实践	4	4周				1夏	
		寒假社会实践	2	2周				1寒	
	小计			6					
	合计		20	320					